U0942587

LA LITTÉRATURE ET
NOTRE MONDE

文学与我们的世界

勒克莱齐奥在华文学演讲录

勒克莱齐奥 / 著

许钧 / 编

高方 施雪莹 张璐 樊艳梅 译

译林出版社

A Paris, le 18 septembre 2018

Attestation

Je, soussigné J-M Gustave Le Clézio, atteste que je donne l'accord à la Maison d'Edition Yilin, Nanjing, Chine, de publier *Le recueil de textes en chinois de conférences sur la littérarure faites par Jean-Marie Gustave Le Clézio en Chine* (rédigé par M.XU Jun).

Jean-Marie Gustave Le Clézio (signature)

授权书

本人为让-玛利 · 古斯塔夫 · 勒克莱齐奥，授权位于中国南京的译林出版社出版由许钧先生主编的《勒克莱齐奥在华文学演讲录》。

让-玛利 · 古斯塔夫 · 勒克莱齐奥

2018年9月18日于巴黎

勒克莱齐奥与许钧在北京师范大学

目录

代 序

2017年12月11日，勒克莱齐奥先生结束在南京大学近三个月的讲学，离开南京回法国，那天我应邀在北京大学讲学，没有能够送他去机场。他行前给我来电话，说给我留了一封长信，手写的，有整整八页；还说他开始写有关中国的文字了，不是小说，是随笔风格的，题目都定好了，接受我的建议，就叫《历险中国》。我明白，"历险"一词，对勒克莱齐奥来说，具有特别的含义：克服认知的重重障碍，一步步加深对中国的认识与理解，历险之路，便是走近中国之路，也是中国"探胜"之路。他把一生都看成历险，是诗意的历险，不断探索，不断超越：生命不息，历险不止。

在很多场合，勒克莱齐奥都谈到他年轻时就向往中国。在给我的长信中，他写到我们的相遇与中国的必然联系："对我而言，是少时起对中国文化与文明的兴趣将我引向这场相逢的。但这更是一场人与人的相逢，它能领我走进中国文化，完全得益于我们自初识起便进行的友好交流——书信的、言语的交流让我们相互理解。正是在许先生的建议与引导下，我才能在阅读中，在不断发现这个文化的现实的过程中，认识到真实、复杂而独特的中国。我们共同探险，我们彼此交流——有时在公众场合，更多时候是私下展开——过程总是和谐的，换句话说，就是我的错误判断与无知也不会引起我们的冲突。"勒克莱齐奥的这番话，让我感动，体现的是珍贵的友情。我深知，在与勒克莱齐奥的四十年的交往中，我学到了很多，真切地感受到了一个文学大家的开阔胸怀、不懈的探索精神和充满激情的人生追求。

2008年获得诺贝尔文学奖后，勒克莱齐奥与中国的联系越来越紧密了。自2011年起，他年年来中国，在南京大学任教，为学生开设了多门通识教育课，而且任法语语言文学专业的博士生指导教师，指导法国文学方向的博士研究生。我陪他一起去食堂吃饭，与他一起和学生交流，与同事一起聊天，谈文学，谈教育，谈人生，我们成了“自家人”。

到中国，勒克莱齐奥有个愿望，就是要在中国多走走，多见些人，多交流，目的就是多了解中国。作为好朋友，我一直陪着他，陪他去学校，去历史名城，去文学之乡，去朋友的老家。我忘不了在施耐庵的墓前，我们一起虔诚地拜了三拜，向伟大的文学先辈致敬。我记得在丝绸之路的起点西安古城，勒克莱齐奥与莫言这两位诺贝尔文学奖得主在大唐西市的广场上象征性地从东西两边相向而行，紧紧握手的那一刻，见证着中西文化的交流与互鉴。

勒克莱齐奥重情义，在一个阴雨连绵的下午，驱车数小时，去苏北看望毕飞宇的父母；也在一个寒冷的冬日，去山东高密看望莫言九十多岁的老父亲；还与夫人杰米娅、好友毕飞宇，去我的家乡，浙西的一个小乡村看望我的父母和家人。勒克莱齐奥爱孩子，我先后陪他去过南京和上海的三所中学，与中学生倾心交流，还陪他去过武汉的小弗米幼儿园，给几十个三四岁的小朋友讲故事，讲他写的《树国之旅》，为他们写下了美丽的诗句。勒克莱齐奥重教育，他先后到华东师范大学、南京艺术学院、武汉大学、北京师范大学、北京大学、浙江大学、武汉科技大学、广东外语外贸大学、扬州大学、黑龙江大学访问，与师生交流文学创作与人生理想。勒克莱齐奥重文化交流，他与莫言、毕飞宇、余华、方方等著名作家有过深入的对话，先后参加过上海书展、扬子江作家周、南京青年文化周、大益文学节和《大家》杂志社组织的活动，与中国的广大读者近距离接触，身体力行，积极推进中外文学与文化交流。

勒克莱齐奥每到一处，每参加一个活动，都带着真心，带着激情，带着探索的眼光。他在各种活动中发表的演讲，就是一个有力的证明。这次结集献给读者朋友的演讲，收录了勒克莱齐奥在中国各地发表的重要演讲。好友毕飞宇说，听勒克莱齐奥的演讲，感觉世界在不断拓展。他说，勒克莱齐奥为文之认真，学养之丰富，视野之开阔，见解之深刻，让他知道了何为大家之风范。毕飞宇的评价，我是完全认同的，也有着深刻的体会，因为勒克莱齐奥的每次演讲，我都是见证人，也是参与者。勒克莱齐奥对我说："你翻译我的作品，就参与了创造。"这份鼓励与信任，对我来说弥足珍贵。每次写演讲稿，他都谦逊地征询我的意见，甚至让我给他的演讲命名；每次演讲，他都要我同台；他演讲的每一句话，每一个声调，我都希望能传神地予以表达。听他的演讲，我知道了一个作家的担当，一个文学大家的情怀，更体会到了诗学历险之于勒克莱齐奥的人生意义与价值。

我相信，读勒克莱齐奥的演讲，一定有助于加深对文学的认识，拓展世界，丰富人生。

许钧

2018年元旦

于南京朗诗钟山绿郡

都市中的作家

那么，就不要去管这座城，我们去更远的地方。

——马可·波罗

编者的话：2011年8月17—18日，勒克莱齐奥应邀参加上海书展暨书香中国上海周系列活动。这当然不是他第一次来华，但对于勒克莱齐奥在中国的广大读者而言，能够如此近距离与自己喜爱的作家交流，却是前所未有的经历。17日上午，上海展览中心外暴雨如注，可忘不了勒老在开幕式上一句幽默而不乏诗意的发言："我喜欢今天早上的雨，大雨让路边的树显得很幸福。"这份幽默与诗意让与会者耳目一新，也成为许多人对这位年逾古稀的诺奖得主的第一印象。

书展的魅力，大概就在于它为读者与作者提供了书里书外的交流平台。两天的日程虽不算长，却十分充实。开幕式后，勒克莱齐奥出席了作品签售会。蜂拥而至的读者不仅怀揣满腔热情，更别出心裁准备了亲笔信、英译书作礼物。或许有感于此，面对热情的读者，一小时内，勒克莱齐奥签下了1 200多本书。就我所知，在法国，勒克莱齐奥从来不出席作品签售活动。下午3点，勒克莱齐奥又与我、作家毕飞宇、翻译家袁筱一等一同参加了作品朗诵暨文学交流会，就作家为何写作、文学的使命与价值展开讨论，并亲自朗读了《奥尼恰》的选段。

18日的公开演讲则是这一系列活动的最后一环。上海展览中心可容纳千人的友谊会堂座无虚席，甚至连走道上也有听众席地而坐。演讲的主题虽是“都市中的作家”，但正如勒克莱齐奥的一贯风格，发言的内容之丰富、眼界之开阔，远不止于此。勒克莱齐奥破题的独特之处，在于重将都市与作家的关系放归人与自然的大背景中。他首先将文学放在“人与非人之间”，把文学视为人类试图理解社会组织与自然世界之间联系的方式，理解“动物的”与“社会的”人之间矛盾的方式。正因如此，作家才会为了摆脱现实社会赋予人性的枷锁，用文字创造出一个个完美的“乌托邦”；正因如此，都市才会成为作家反观人类与自我之镜，为其提供不竭的灵感；也正因如此，当现代都市与广阔世界的矛盾加剧，勒克莱齐奥才会将文学视为描摹另一种未来、书写另一个预言的途径。作家笔下的都市属于过去与当下，更暗含未来的无数可能。唯有经历这一番思考，我们才会明白勒克莱齐奥最终将都市的“漩涡”——一种不断相遇、永恒变化的跨文化实践，视为文学根基与创作追求的原因。他所谈论的依然是都市中的作家，他所希望的是作家能从都市无时无刻不在发生的文化碰撞中找到通向美好未来的道路。

本篇演讲中已经包含了几个勒克莱齐奥所关注的关键主题：他对自然，或者说对生态的关注；他对多元文化的聚焦；他对文学与现实的相互作用的反思。而作家也总是乐于从其丰富的阅读中汲取案例，让文章本身亦成为一场不同文化碰撞的盛宴。至少在演讲过程中，他开放的胸襟与开阔的眼界就让到场听众深为折服。这一点，在现场大屏幕上同步直播的微博评论中得到了反映。

望每位读者都能在阅读中打开全新的视野——一如文章题记所写，让我们去往“更远的地方”。

在此我想回答两个问题，这两个问题是当代作家都需要面对的问题。第一，作家在都市中扮演着怎样的角色？第二，都市在文学中又扮演着怎样的角色？

第一个问题属于人的权利问题。须注意，在法国，人们所说的人权，说的总是男性（男性公民）的权利，从来不说女性和女性公民的权利。女革命家奥兰普·德·古热在她著名的宣言中敢于就这一点向宪法提出质疑，因此而遭受厄运，因此她被判作异端分子在公共广场（协和广场）被处决。几乎在同一时候，作家（小说家、诗人、剧作家）的角色开始在法国政治中被定义。众所周知，作家在人权意识的产生中发挥了作用：伏尔泰、卢梭、博马舍，还有卡佐特以及安德烈·舍尼埃留给后人的不朽英姿，使得作家在政治生活中成了行动者——有时甚至以牺牲自己的生命为代价。一些著名的女作家，例如苏菲·德·孔多赛或者斯塔埃尔夫人，不得不逃亡国外以避免遭遇奥兰普·德·古热那样的厄运。她们为了自由而进行的斗争激发了她们的文学创作，在法国和整个欧洲产生了强烈的反响。这一斗争直到今天还未结束，在法国现代男性作家，例如萨特、加缪或马尔罗的作品中，以及女性主义女作家，例如西蒙娜·德·波伏瓦或玛格丽特·尤瑟纳尔的作品中，这种继承依旧清晰可见。这种继承在时间的流逝中更换了形形色色的名字，现实主义、自然主义，新近又赋予“介入文学”(法国文学的特色)以意义。然后,运动就慢慢消减、松散了。如今,作家在都市中的作用这一问题已发生了变化。他或她,知道文学施展着一种力量,一种魔力,但是文学却阻止不了任何事情,如不公、战争、萧条。正如哲学家葛兰西所说的那样,文学伴随着它们,揭露它们,但也忍受它们,甚至有时成为它们的工具。于是疑问产生,奥斯卡·王尔德在他的《道林·格雷的画像》的前言中以一种尖锐的幽默表达了这样一种疑问:“文学,”他说,“根本就是一无是处。”

文学是消遣,是咒语,还是警示?也许与这些都多少有些关系。

于是提出了第二个问题:写作与自然的关系是怎样的?人,由定义来看,是自然的产物,人的语言是自然的,由人的语言表达的梦想与希冀也是自然的。因此在人与自然世界之间根本不存在任何区别,而文学则是人与非人之间,也就是说在人的合乎逻辑的部落组织与整个世界之间的一种真实的联系。

这种关联是人类基本欲望的一种。文学自存在之日起(即神话、传说),从未停止试图理性地解答人类所感受到的与自然环境的分离:众神、传奇人物、宏大的历史事件,它们的存在只是为了将我们与生命的未来相联系——懂得生命力量的人类要为生命承担责任。

在任何时代,作家总是想象着更美好(更加真实,或者更易理解)的世界,因为作家也是社会人。斯威夫特讽刺、批判他的时代,却虚构了一座完美的都市,那儿马取代了人的位置。托马斯·莫尔创造了"乌托邦",那儿人文主义文艺复兴时期的教义成为现实——在墨西哥,主教巴斯克·德·基罗珈深为莫尔的小说着迷,以至于他在土著王国的遗址上一砖一瓦建造了一座理想之城,这座城幸存至今,位于帕兹库瓦罗湖沿岸的圣菲德拉古纳村。拉伯雷则创造了德廉美修道院,克里斯汀·德·毕赞创造了妇人城。塞万提斯的笔下呈现了黄金岛的神奇梦幻，在岛上，骑士堂吉诃德将实现他自己理想主义的梦想。文艺复兴时期，诗人们向往的理想世界要么位于美洲，要么位于东方——但是极少在非洲。之后，他们又在大洋洲虚构了这个世界，将这些不真实的岛屿称作新基西拉岛（永恒爱国的名字）。人类学家马利诺夫斯基丝毫不曾犹豫在此创造了一个地方，那儿女人美丽永远，做爱不息，他把这个地方称作凯塔鲁加。从某个方面来说，文学首先就是一个矛盾之地，个体与其绝对自由或者色情的欲望之间，以及个体与法律社会之间的矛盾。梦想，但在可接受的范围内。作乐，但不违背生活的准则：中国文学名著《红楼梦》（曹雪芹）就是一种典型，其中描绘的场景并不是照搬现实，而是突显了某个小小的文人社会，对于这个社会来说文化是权力的一种变体。相反，韩国，古时，艳情诗歌是由女性创作的，她们借由这一方式来确定自己的影响，同时也沦为男性社会欲望与娱乐的对象。如大家所见，文学很少走在其时代的前面，作家，因为自己的时代，只能做一个完美的男性公民或女性公民。

文学的巨大矛盾来自广阔的现实世界（动物的、植物的、自然的）同城市中所见到的人类社会之间难以协调。除开几个极少数特例（托尔斯泰、肖洛霍夫、福克纳、弗兰纳里·奥康纳），大部分作家都是城市居民，甚至是资产者。约瑟夫·康拉德创作了“镜子般的大海”（波德莱尔语）上的历险，但接着他就停止了航行，生命的大半辈子都安落在伦敦某个小小的公寓里。维克多·雨果从巴黎沃日广场极具布尔乔亚风情的街区来拥抱全世界，柯莱特在王宫区的单间公寓创作，在任何地方都没有像在那里一样更好地谈论动物与植物的世界。斯特林堡在斯德哥尔摩一条热闹大街上的九楼创作自己的剧作，他通向外部世界的唯一通道，就是通过精准的天文望远镜来遥望天空——还是在没有云彩的时候。甚至连马尔科姆·德·夏扎尔，这位毛里求斯天才，虽痴迷于绝对世界，向往传说中的雷穆里之岛，也需要喧闹声才能创作。他在东方最喧嚣的城市之一的市中心租了一间房子，那座城市是毛里求斯岛的路易港（国家酒店）。

作家在都市中寻找什么呢？可能人类的城市仿佛是打开的书本。街道与马路的结构、广场的公共地带、人群的移动、思想的流动与身体的混杂、建筑的节奏，它们与文学创作相应，既是灵感，又是批判，而且还是一种反衬。现代都市，在其所有的暴力与复杂中，从某种程度上成为作家的镜子，一面巨大的放大镜，透过它，作家可以发现人类关系的错综复杂，同时还有他自身的投影。也许这就是为什么大部分当代文学作品似乎都同城市生活相联系，尤其是小说。纽约，移民城市与混居城市，是20世纪小说聚焦的一个中心（很可能现在这个世纪它将依旧是），例如，在纽约犹太小说家亨利·罗斯的作品中。在他的伟大作品《就叫它睡觉吧》

中，小说聚焦于布朗克斯区，不同社群的孩子在那儿相遇，一种俚语也在此形成，成为他们的语言，有轨电车路线将其分开，电车从北到南将街区连接起来，那里是艳遇和报仇的好地方，可以惩罚坏人，将他们电死。亨利·罗斯的情况很是触动人，因为他这部小说出版后立即获得了广泛好评（卖出了几百万册）。罗斯先生，这位数学家、工程师以及共产主义者，却遭受议员麦卡锡的政治迫害，不得不逃离纽约，终止写作，以养鸭度日，最终在新墨西哥的阿尔布开克（我在那儿有幸认识了他）的一所破旧的活动房里离开了人世。

将作家与一座城市等同起来的例子数不胜数，从现实主义作家，如巴尔扎克、阿纳托·法朗士，到狄更斯、多斯·帕索斯或者博尔赫斯（在他笔下，布宜诺斯艾利斯仿若梦幻的图景），或者埃及作家马哈福兹。然而，我们一旦想到某个人与某座城市的联系时，脑海中首先冒出来的作家可能就是中国小说家老舍。在他的短篇小说与长篇小说中，尤其是在《正红旗下》以及《四世同堂》中，他描绘了老北京百姓的生活场景，并最终让新的读者感受到这座古老而现代的城市别样的美丽，感受到它的民众面对战争时的英雄主义，感受到对于一个正在逝去的世界的深切怀念。也许这座城市如今再也不存在了，或者也许它以另一种方式存在着，这都不会令它失去真实。一代代人经历的困苦，一些人伪善，另一些人妥协，这些纯朴民众的心灵品质，为了生存而进行的斗争，这些是我们体验的真实情感，哪怕满族人时代过去了，社会环境发生了变化。也许这就是文学的优势所在，它能够创造一个永恒的城市，与真实的城市交错重叠，能比纪念碑或者史书更好地重现城市的往昔。

在前面我讲到过人，动物的与社会的人，与广阔世界之间的矛盾。如今，这一矛盾比任何时候都期待解决：的确，现代都市在持续扩大。目前，人口超过千万的超大城市遍布各大洲。墨西哥城，就其面积而言，正在成为世界上最大的城市，其人口不久将超越一个国家的人口，如法国或者英国。北京、东京、首尔以及我们现在所在的上海，都是超大型城市，这些城市每年的扩增速度叫人头晕目眩。那么这些巨兽般的城市与居住在其中的作家的关系又是怎样的呢？很显然，如今，拉斯蒂涅无法再从一座山丘上俯瞰巴黎并且大声呼喊：只属于我们两个人！巴尔扎克或者阿纳托·法朗士无法再通过描绘大型商店或者徜徉于这些大街小巷来揣测如此这般城市中的生活。在那儿必须有另一种维度，某种类似于“地方特色”的东西，这里借用了米歇尔·布托的一部合集的标题，充斥着回声、喧嚣、社会杂闻（很奇怪这种定义实际上只存在于法语中），一座有意识又无意识的、潜意识的、无人造访的建筑，有些类似于乔伊斯在《芬尼根守灵夜》中试图通过都柏林所展现的那种东西。故事叙述似乎近于寓言：从爱尔兰的民间传说中汲取灵感，描述了一个酒鬼疯狂混乱的游荡，他被一滴威士忌酒唤醒，从坟墓里爬了出来，因为他的朋友们在对他的遗体祝酒时不小心把酒洒进棺材。现代城市，我们所生活的这些地方，难道不是一些奇怪的地方吗？我们迈着机械的步伐穿梭于此，就好像我们的一只脚还埋藏在过去的世界，而我们疯狂的脑袋却置于时代的电光热火中，时代正飞速向着一个叫人费解的未来驰去。

可以理解，面对这样的一种错置，一小部分作家，传统的男性，热爱和平的女性，都转身朝向他们所设想的一种更加真实的生活方式，适合人类的生活方式。这种向大地的回归，我们大家都知道一些例子，这儿，那儿，在所有的社会中（但在城市化较低的非洲或者南亚等地很少听说）。其中有一个令人震惊的例子是苏·于贝尔女士，她是《乡村一年》的作者，那是一本令人称奇的小书，作者曾是美国哈佛大学的一位图书管理员，某一天她决定与尘世隔绝，全身心地投入养蜂事业中去。这些事例都叫人肃然起敬，并且也为阅读带来了愉悦的时光。然而，它们也表现了某种封闭，某种形式的异化，使得它们很难从道德层面上站得住脚。文学的首要动机难道是获得幸福吗？

如果文学对都市生活方式表现了这样一种痴迷，那是因为在文学身上具有属于未来的酵素。这一点尤其在小说里可以感受出来。也许，未来是这种混合产品中主要的构成成分之一，它包括一部分真实（大概60%到70%），一部分回忆（15%），以及一部分欲望（14%）；剩下的部分我们可以大胆地说是预言。在每个部分，都市模式的出现是显而易见的，无论是在现实中（逃到哪里去），还是在回忆中（我们的过去就是思想与劳作的结晶），当然还有欲望，因为现代城市（但它们难道不是曾经现代的吗？）是对空间与时间发出的挑战。预言的部分，则也许类似于苏·于贝尔女士看着自己鲜活的蜂群（它们也是城市居民）时所寻找的东西，或者类似于某些美洲印第安人、大洋洲人部落具有的神奇的韧性，他们挑战工业社会即所谓的现代社会不可反抗的法则，坚持生活在一个想象高于现实的世界里，在那儿神话为人类的焦虑及疑惑带来了答案。

我曾有幸在这样的一个社会中生活了一段时间，就在巴拿马达连的丛林中。我可以说这个社会并不比其他社会更糟糕，也不更和谐，那儿很可能也有一样多的罪犯、小偷、强奸犯——但是因为杜绝了战争行为，所以那儿藏匿的杀人犯显然要少很多。这个社会根本就不需要小说，也不需要戏剧，更加不需要报纸或者电视——更不要说网络了，那时候那儿根本没网络。但是这个社会拥有一种诗意的语言，明显不同于日常语言，它是用来表演神话的，神话以演唱的歌剧、哑剧、舞蹈以及随着手掌拍击胸部有节奏地讲述故事等形式表现。与这些人的共同生活带给我某种确定的形式，就是人类具有伟大的创造力。这种创造力一度将我从狂热的写作欲望中解救出来。我记得我曾从这片偏僻之地写信给一位朋友，一位加拿大作家，并且告诉他，此时此刻，我想写的，就是这些：（一大片的空白）。然而我是为另一种形式的社会而生，于是我又回到我的书籍世界、文本的世界、正在被构思的小说的世界，最终，回到了城市。但这次短暂的经历却让我感觉到我可以用另一种方式生活于都市，我可以，如果真的能实现，将那些人的一点智慧、一点冒险精神带回都市，对于那些人而言，丛林同我们的世界一样有其符号体系，一样复杂。

成就都市体系未来的东西，城市中让我激奋的东西，并不是那些建筑的大胆，不是工程师的壮举，也不是发明家的力量。城市吸引我的东西，是漩涡。城市，尤其是现如今的大城市，是正在形成的星辰，正在运动的大陆。它们每时每刻都在变换面貌、结构，如此迅速以至于只要稍稍离开一下就再也无从辨认了。电影艺术家朴赞郁曾经对我坦言，他不喜欢离开自己的故乡首尔，甚至也不愿离开他的街区江北，因为他担心回来时再也找不到地方了。这一点对于很多作家来说都能感同身受，这也是为什么他们从不旅行。个人来说，我并不特别痴恋于某座城市。我在尼斯出生、长大，那是一座沉睡在地中海沿岸的小城，但是我很早就明白，我童年时的风景，堆满软木包裹与阿尔及利亚葡萄酒酒桶的旧港口不会一直存在下去。果然如此，这座外省的普罗旺斯小城如今已经成为法国的退休者之都，那些人在那里尽显一种悠闲自在的自我满足，同时伴随着一种无可辩驳的仇外情绪。这也不是让我不怎么怀恋故城的唯一理由：其实，我是作为一个外国人在那儿出生的，我的祖籍是毛里求斯——但是我也并不很怀恋那座岛屿，因为我并不是在那里长大的。事实上，我不属于任何地方，这就让我自己在任何地方都感觉像是在自己家一样。

我更偏好形式多元的大都市，那儿混杂多样、文化多元的人群每天都行色匆匆。我觉得这才与作家适合。更清楚地说，这些多元化城市散发出某种有利于写作（以及阅读）的思想物质。时代与场所在城市里相互渗透。那儿似乎没有什么是既得的。马哈福兹的开罗、库拉图兰·海德的德里、老舍的北京或者亨利·罗斯的纽约，这些都是我通过书本所认知、了解的城市。往昔紧紧缠绕其中，仿佛墙上残留的招贴画碎片，或者就像小店门前遗留的招牌，我们与其说是读懂，不如说是揣测一个个已经变得荒诞的名字（好地方，竹棚，希望），但是这些往昔就在那里，会让人产生一丝激动，交递一个眼神，或者说引发一种默契。很快它就会被现时、被未来抹去，而现时与未来才是这些城市真正的维度。关于巴黎（一座我不太熟悉的城市）最震撼人心的书，不是《人间喜剧》，不是《巴黎圣母院》，也不是《巴黎的肚子》，而是布勒东的《疯狂的爱》——或者更轻快的形式，就属雷蒙·格诺的《地铁姑娘扎姬》。因为他们捕捉了日常生活中许多难以察觉的时刻，就在涌动的行人中，在行驶在林荫大道上的汽车的轰鸣中，他们让我懂得了这座城市的眩晕，娜迦的疯狂，诗人伊齐多·杜卡斯在蒙马特路一个旅馆房间里创作《马尔多罗之歌》时感受到的无法估量的孤独。

我之前提到漩涡（怪兽的嘴巴）——弗兰克·诺里斯称其为深渊。如果在城市中真有致命的一面，某种永恒的灾难，某种自私的不公，某个利维坦——当然也存在一种和谐的狂喜，一种激昂，一种解放——那儿一切皆有可能，因为在那里相遇只是偶然的结果，因为审慎的思维在那儿可以做出选择，或者因为，很简单，我们可能会在那儿消失。作家渴望着那些相遇、那些流传的话语、那些街头景观，他的想象力在那儿再次迸发。甚至连地铁的走廊都是冒险。小说家娜塔莉·萨洛特或许只能在巴黎而无法在别处创作（她出生于俄罗斯），就在她住处楼下的一个小咖啡馆里，那儿聚集着亚美尼亚赛马的赌博者。当然，这些圣-日耳曼-德-佩雷的咖啡馆激发了无数作家的灵感，而且这座懂得感恩的城市赠予其中两位作家一个空间，就在这些咖啡馆前面，如今这个地方叫萨特-波伏瓦广场。这一切的危险也许只是某种肤浅。过多地流连于这些地方，人们很可能成为柯迈斯咖啡馆的编年史作者了。但是在一座村庄里，危险难道就不存在吗？

这些大都市，它们仍将继续扩大——也许有一天它们会覆盖这个星球上所能居住的大部分地方——它们正通往现代性最惊人的冒险：文化的混合。这种现象相对是近期的事。我还记得那时，在伦敦，居民在脑子里想到的是英联邦所提供的财富，在牛津大街偶遇由锡克族保镖以及披着亮丽纱丽的妻子陪同的印度商人，或穿着长袍、戴着豹皮帽的加纳酋长，他们都不会转身看一眼。巴黎这座城，虽然曾经是某个殖民帝国的首都，却更加难以接受来自异国的色彩。直到今天，法国政府的一些市政官员和某些部长都会严肃地追问在大街上应该允许穿着怎样的世俗服装，一位整个脸都被遮住的女子（或者男子）在香榭丽舍大街转悠是否合适。这种外省主义的偏移有时会是可怕的：沙皇彼得大帝曾强迫俄罗斯男人剃掉胡须（在伊朗，情况却恰恰相反），而在韩国，1950年4月3日血腥的镇压开始时，李承晚的警察几乎见到戴眼镜的男人就抓，理由是他们可能是可怕的知识分子谋反者。

但是除了这些极端事例，只有在当代城市我才能发现跨文化的实践。街道、广场是城市居民学习自我认识、交流自己的语言和风俗习惯，有时甚至是缔结婚姻的地方。为什么这一点对我来说很重要呢，对我这样一个作家——对我这样一个首先是读者的人这样重要呢？因为我真诚地相信，文学若离开跨文化实践是不可能存在的。伟大的文学作品，即使它们曾经是某个民族的体现与象征(塞万提斯的《堂吉诃德》之于西班牙,莎士比亚的《哈姆雷特》或《科里奥兰纳斯》之于盎格鲁–撒克逊民族,萨迪的《玫瑰花园》之于伊朗,抑或鲁米的《玛斯纳维》之于土耳其),也打开了通往其他文化的道路,因为它们不仅是给某个民族读的,而且是给地球上所有民族读的。这不只是所谓的普遍性的问题。这应该是关于世界和平的问题,即文化之间的对话,其中每种声音都有自己的位置,没有任何一种声音是更优越的。如果我能够通过译文来阅读曹雪芹——当然还有巴金、老舍——这是因为我接受了,更胜于此,是因为我想要成为一个中国人,越出我自己的国土,越出我自己的确然,去造访一位邻居,虽然我不讲他的语言,虽然我不知他的历史。诚然,这很大一部分要归因于好奇,但好奇难道不正是人类特有的重要品质吗?战争并不总是文化不和的产物。战争有时就是因为某个国家领导人的狂热、某种经济的不平衡或者某种征服的欲望才产生的。但文学从未成为战争的原因。我并不想以此来说明所有的作家都是和平主义者，远非如此。但是他们所写的却是献给全人类的，因而打开了一扇门。现在的城市不再是民族主义的圣地，就像曾经雅典或罗马时期的那样。而且就是这些古代城市也没有阻止周边影响的流入，波纳尔能够写作一篇富有启示的散文《黑色的雅典》，古希腊的广场汇集了来自非洲、埃及和印度的影响。世界上的大城市是公共的地方，在那儿全世界的理念与理想一起相遇。它们所构成的混杂是不容置疑的。历史中心、禁止入内的宫殿向来自全世界的游客开放，宽阔的大道是市民与移民、富人与穷人交流的场所。建立在巴黎周遭的贫民区从来都不会阻止自己的居民走向市中心，去那里观望或者被观望。我们可以设想一种未来的文学，它将跟随着这样一种相遇的运动，这一运动并不走向全球化的倡导者向我们预言的那种普及化或者愚钝化，而是在全世界都走向文化中。但这得由我们——由我们的领导者——来选择，在跨文化或战争之间做选择。

我在上面提到过文学的预言部分。19世纪中叶，在历史上某个最平庸、最自私的社会里，在一座残酷又冷漠的城市的中心，第二帝国时期的巴黎，出现了一个名为伊齐多·杜卡斯的年轻移民，洛特雷阿蒙伯爵，他来自乌拉圭，构想了这样一个计划：他将自己的《马尔多罗之歌》扔到他的同代人面前，这是法国文学中最离经叛道的著作之一，那是他唯一的著作并且很快就被死亡所打断（24岁时！），他以一种不容置辩的结论方式断言（《诗》）：诗应该由所有人来写，而不是一个人。

（樊艳梅　高方 译　高方 校）

书与我们的世界

编者的话：2011年8月21日下午，南京大学正式授予勒克莱齐奥名誉教授头衔。仪式过后，勒克莱齐奥作了题为“书与我们的世界”的公开演讲。是故，这场演说既是一位著书者对书籍本身的思考，亦蕴含了一位授业者对世界的理解与希求。到场的数百名听众，无论作家、翻译家、学者抑或在校学生，无不期望从中获得新的启发。

演讲以书籍在人类历史进程中的重要作用开篇。勒克莱齐奥以玛雅文明为例，向我们说明了没有书籍的社会将会遭遇何等灾祸。书不仅是记录文化的载体，更重要的是，印刷的出现打破了精英阶层对知识的垄断，使获取知识与技艺成为普罗大众的基本权利。是书籍让文明逐步摆脱独裁与专制，让社会的构架变得更加坚固。

然而，勒克莱齐奥随即话锋一转，提到了在“书籍”这个笼统的历史概念背后一本本现实的、具体的“书”。这便是书本世俗的一面——现代社会，一本书或许承载了超越时代的思想，却依然是市场里的商品，是作家赖以生存的资源，是商业出版社获取利润的途径。对此，勒克莱齐奥说得直白——或许是作家兼职业读者的经历让他尤为清醒。尽管书籍对我们的世界至关重要，它当下的困境，乃至于文学的困境，都真实地存在着。

书承担着大地的重量，也映照着璀璨的星空——云泥之间，如何找寻一条出路？勒克莱齐奥回归书与文学的意义，强调文学始终是不同文化、不同存在得以发声的渠道。而书籍则是文学不可或缺的载体。他认为，只有牢记这个终极目标，集合作家、出版社或许还有读者之力，才能让书籍在当今世界中，成为协调不同文化、促进世界和平的有力武器。

女士们，先生们：

想象一下，如果没有书籍，我们的世界会变成什么样。玛雅人在这一点上就是一个很好的例子，他们生活在公元前4世纪至公元10世纪的墨西哥。虽然当时处于完全的孤立中——气候恶劣，水资源和各种资源稀缺，且处于周边民族（尤其是加勒比海岛民，因他们而有了“食人族”一词）随时的威胁之中，但是，灿烂的玛雅文化还是创造了代表人类知识的一切：艺术、科学和哲学。玛雅人确定了书写的数字体系，通过零及小数的使用使得复杂的运算成为可能。他们的一些古迹标记的年代（似乎他们对于年代的标记有一种热情）可以上溯到公元前10万年。他们通过观察三个天体，即太阳、月亮、金星的运行，发展了天文学。他们发明的历法，年误差值只有几分钟。他们在医学、建筑、城市规划方面的知识远远超过了同时代世界上的其他民族。他们对于艺术的兴趣，无论是诗歌创作还是绘画创作方面，或者浅浮雕，圆雕，花岗岩、大理石与斑岩雕刻，都达到了顶峰。他们的冶金技术也极其高超。他们虽然因为缺乏锡，未能创造青铜制品，却用黄金和铜打造了礼仪器皿，同时还创造了能与东方相媲美的陶瓷工艺——无论是形态的纯粹还是完美感都堪称杰出。

此外，他们还创造了象形文字书写体系，类似于古埃及人的文字。因为没有留下罗塞塔石碑这样的碑文，人们还无法解读这些文字。这种文字使得他们能够在无花果木制成的纸上书写文集，这些纸张用锌漂白，以类似于古代中国书籍的样子折起来——他们在里面记录了历史、天文学知识（由旁边的图示可以推测，他们应该是世界上最早预言月食的民族）、复杂的礼仪以及他们最关切的时间的流逝。

但他们却不知印刷术，这就是为什么他们消亡了。1520年西班牙人迪亚哥·德·兰达踏上尤卡坦半岛时，古代玛雅社会已经消失了。留下的只有手稿、祭拜器物、纪念品，这些都由他们的后人保存下来，这些后人生活在森林深处散落的村子里。这些历史记忆是很危险的，很有可能成为新被征服的印第安人造反的诱因。迪亚哥·德·兰达深知这点，便命人将古代玛雅人所有的手写典籍汇集到曼尼城中心广场上，放了一把火。被化为灰烬的珍宝不可估量。征服者的野蛮行径不得不叫人想起纳粹军官在纽伦堡设置的火盆，他们企图以此抹掉西方世界的历史记忆。

想象一下，如果古腾堡没有应文艺复兴之需，适时采用中国人的发明，创造活字印刷术，那么一切又会是什么样子呢？

诚然，手稿还是会继续被翻抄：不要忘记，克里斯汀·德·毕赞或者玛丽·德·法兰西的诗歌，像《亚瑟王之死》《马车骑士》《罗兰之歌》《列那狐故事》这些小说，并没有以其他形式流传开来。它们被抄写在野兽皮上——如山羊皮——或者是布浆纸上，由僧侣着色、装饰——那时抄写员的职业比作家赚钱可要多。每一部作品都是独一无二的，被高价购买，存放在领主的府邸里。

书写文化是存在的，但是由于极其稀少，那是精英的特权。大部分人，无论是在西方还是在东方，都与书写的文化相隔，无法与之接触。科学、技术发明和各种思潮只能以极其缓慢的速度在流传。

如果没有印刷的书籍，我们的世界将完全不一样。也许它会同鼎盛时期的埃及社会、玛雅社会一样：一个封闭的世界，很难受什么影响，不公正与不公平盛行，严重失衡，无可救药。

在这样一个世界里——如我举的例子，古时的玛雅世界——没有民主，法律面前鲜有平等，公民道德水平更是低下。大部分民众，屈服于某几个权高位重的教士、某个太阳王[①]、某些暴君、某些武装的独裁者、某个残暴的儒士的统治。最好的情况，也不过是处于有教养的僧侣统治之下，在那里，艺术、知识、技术慢慢发展起来，但只为少数人服务。

在这样的一种体制下，知识不是用来交流的，也不是用来谋求民众的进步的。它主要是用来在掌握知识的人与大部分只识图画的人之间设立一道无法逾越的障碍，建立宏伟的庙宇、富丽堂皇的宫殿，甚至像埃及那样，建立金字塔那样令人称奇的墓穴。人民大众，则像奴隶一样建造着这些工程，甚至都不理解这一切的意义。这就是怪龙之社会，正如普洛普在民间故事分析中定义的那样。

① 路易十四（1638—1715），全名路易·迪厄多内·波旁，自号太阳王，是波旁王朝的法国国王和纳瓦拉国王，使法国成为当时欧洲最强大的国家。在位长达72年3个月18天，是在位时间最长的君主之一。他亲政的55年（1661—1715），是法国专制制度极盛时期。

没有印刷术，没有文字，我们的文明，西方的或东方的，会变成什么样子呢？也许就会变成过去那些专制而奢华的社会。它们完全依托某个拥有特权的精英人物，埃及的法老、罗马的帝王或者像尤卡坦的玛雅真人，那样的社会极其脆弱。一点点小事，一场饥荒、一次传染病、一次宫廷暴乱就足以摧毁它们，使它们化为乌有。野蛮人进入罗马时，暴君的长期统治与部落之间的斗争已经将整个国家摧毁殆尽，而这个国家曾是地中海的绝对统治者。西班牙人深入美洲印第安大陆时，玛雅人辉煌的城市、摩天庙宇、镀金的宫殿已经成了被森林覆盖的废墟。饥民的起义或许推翻了暴君的统治，但是因为缺乏技术手段，他们荣耀的祖先的功勋和知识如今已经难以辨清。迪亚哥·德·兰达甚至都不需要焚烧手稿、打破神像：它们已不复存在。

重写历史总是很吸引人。对于我这样的小说家来说，这可以让心灵得到满足，这对衡量文化与文明的相对性不无裨益——这也使保尔·瓦雷里在第二次世界大战前夕得出一个醍醐灌顶的结论:“我们这些文明,我们现在终于明白,我们总是会消亡的。”

事实上,我觉得根本就无法想象一个没有书籍的世界。诚然,现在存在其他传播知识的手段,通过图像、计算机。也许这些新手段有一天会完全取代古腾堡的发明。但,书是与人类文化相关的事物,不仅与其思维方式而且与其双手的形状相关——是一种工具,可以与其他不可或缺的工具,如锤子、刀、针、开水壶等相提并论,也可以与其他精制的器具,如小提琴、长笛、打击乐器、毛笔、砚台等相提并论。很难想象有一天书会变成虚拟交流的附属物。书籍具体有形的特性,本身就是创造性天才的标志,是一代代流传下来的星火的标志。也许是一本法律书,一本艺术书,一本力学专著,一本化学或数学书;也许是一本反抗诗集,就像朝鲜语诗人尹东柱在被日本人枪杀之前所写的关于星星的诗歌;

也许是一本现实主义小说，像老舍的《正红旗下》；也许是一个松散却充满启示意义的故事，如《爱丽丝漫游仙境》；也许是一本关于生存之道的范本，如伊斯兰苏非派教徒鲁米的启示录，或者像罗马皇帝马克·奥勒留的勇之箴言。抑或，是书中之书，如古腾堡曾经印刷的《圣经》，这也是西方出版史上印刷出版的第一本书。

但我们还是要担心没有书籍的世界会来临。倘若没有这个充满智慧、愉悦和颠覆力的六面体，我们也许将再次看到幽灵般的神权政治与专制统治，可恶的怪龙——玛雅人也称之为云中蛇——将吞噬人类的心灵。

我对于文学的思考也涉及其世俗的方面。

与小说家威廉·斯泰伦、米歇尔·图尼埃，诗人让·格罗斯让及雷蒙·格诺一样，我有幸（相对而言）曾作为读者为某家大出版社工作过几年。有些人可能不了解这项工作，我可以做一点解释：这项工作主要就是阅读手稿，写出内容概要，给予某种出版意见（大部分时候是不出版的意见）。那时大家把这称作出版社的“阅读委员会”。有人告诉我，现如今这一职业正在逐渐消失。现在大家都是请“商业”读者来进行这项阅读工作，他们负责给出意见、建议，不是针对手稿的质量，而是针对手稿的销售力。我觉得有点遗憾。

阅读委员会，就我所知，有益于成就某种大的偏好，发掘出独特的艺术，发现符合个人趣味的作品，那种真诚且完全脱离商业考虑的作品。在《苏菲的选择》的最前面几页，威廉·斯泰伦讲述了作为职业读者的痛苦，阅读某些晦涩的小说或者过于流行的小说给精神带来的疲惫，以及极其主观化的评判方式。在阅读之前，要先嗅一嗅作品的味道，味道要是不对他口味，就彻底否决。

我还记得雷蒙·格诺汇报阅读情况的某些情形。他信奉自己的科幻哲学，往往会把某部手稿的故事重写一遍，读的时候满怀激情，然后一锤定音：绝对不能出版！这个格诺以一种诙谐的方式如此评价阅读工作的价值："那些不能出版的著作让我受益匪浅。"

文学阅读委员会也不是不会犯错。我们都记得阅读委员会拒绝了《追忆似水年华》手稿，还说马塞尔·普鲁斯特的文字是"不堪卒读"。

有时，这些作家读者的偏好倒也能带来好的结果。比如巴黎某个大出版社聆听了委员会全体成员对某部书给出的否定意见：该书要价很高，但明显没有价值，只不过因为作者是某位部长或某个高水平运动员而已。广大读者要谨慎得多，才不会被迫接受这样的书。

我又想起我曾经阅读过纳格·汉玛迪《秘密的福音书》手稿的第一个法译本。我与让·格罗斯让都欣然支持出版这本书，但是它却因"商人"的胆怯而被拒绝了——巴黎的大主教禁止出版，因为该书可能会冒犯天主教读者——不料十年后，诞生了一本经久不衰的畅销书:《达·芬奇密码》。

就我而言,阅读手稿往往让我振奋,因为它建立了一种与作者切肤的联系。手稿的文字常常难以辨认——文本处理那时还不存在——充满各种错误,但手稿恰恰具有一种诱惑力,是出版了的书籍所不具有的。手稿尚未成书,它只是一种期待——我第一次读到素未谋面的一个魁北克年轻人雷让·杜拉姆寄来的手稿时,那种激动的心情,至今我还记得。还有后来读到安的列斯人帕迪克·夏默索的手稿《德士可》,我也是非常兴奋。这就是阅读工作所带来的意想不到的回报。

既然我今天有机会在这里谈谈文学,我也不想错过这个机会,我要谈谈我的担忧。

的确,作家的经济状况并不总是很好。一个诗人,一个小说家,靠自己的写作生存都很艰难。拜伦仅靠出售手稿《海盗》就变得极其富有,维克多·雨果靠《惩罚集》的稿酬就在根西岛买了一栋房子,那种时代已经很遥远了。最近，文学代理人萨姆尔逊先生讲述了他是怎么下定决心要从事这项事业的：当初他从美国来拜望让-保罗·萨特，发现这位法国当代最伟大的哲学家与随笔作家，一个人生活在一家匹萨店楼上的单人间里，眼睛不好，没有救济。克洛德·西蒙，《弗兰德公路》的作者，新小说派的著名代表人物，诺贝尔文学奖得主，也是一贫如洗，只能靠国家文学基金会发给他的微薄补助度日，如果萨姆尔逊先生知道这些一定会更加震惊的。出版商对作家的寡情恰是众所周知，而作家对出版商的怨恨也是由来已久。有时这种寡情与怨恨还能带来一些有趣的通信，就像塞利纳写给加斯东·伽利玛的这封信，塞利纳大概是这么说的："亲爱的先生，我听说您将与您的孩子一起去滑雪，欢度圣诞节；我要跟您说，我这里，我的房间里因为没有取暖设备已经结冰了。"就是这个加斯东——虽然我不确定这句话是否属实——作了这么一句精辟的评论："作家就是妓女，总是准备卖给出价最高的人。”

然而也有不少相处融洽的例子，有时与书相关的两方之间甚至会有令人动容的相互忠诚。如果没有曙光出版社，亨利·米修的作品又会怎样？如果没有午夜出版社，新小说的命运又会怎样？如果没有印刷商巴里图，洛特雷阿蒙又会怎样？既然我已经提到了加斯东·伽利玛的名字，很显然，1930年代的法国文学，以《新法兰西杂志》为中心，加上安德烈·马尔罗、安德烈·纪德、阿尔贝·加缪这些作家，都应对他怀有感激之情。只是我们有些惋惜，必须提到这些例外。

我并不确定如今情况是否改善了很多。商人的控制——我上面提到过——也许让文学的生存，甚至是它本身的存在，变得更艰难了。如今，出版诗歌已经成了某种神圣的事业。而小说逐渐变成某种好莱坞式的东西，同样的佐料可以一用再用，只需用某种调味汁调配一下——而且越来越甜腻了。

文学不仅仅用于自身的庆典。

上世纪，种族理论盛行时，文化之间的根本差异被一提再提。以某种荒诞的等级理论为基础，殖民列强的经济成就与所谓的文化优越性等同起来。这些理论，就像是狂热、有毒的冲动，时不时在某个地方涌现，以此来证实新殖民主义或帝国主义的合法性。有些民族也许步履艰难，因为经济落后或技术的陈旧而没有存在（或话语）的权利。但是，难道人们不明白，世界上所有的民族，不管他们在哪里，也不管他们发展的水平如何，他们都使用着语言？每一种语言都是逻辑、复杂、具有结构和分析性的一个整体，可以用来解释世界——可以讲述科学或者创造神话。仅举一例，我想说一下巴拿马森林中印第安人的语言安贝拉语，那些人住在偏远之地，经济非常困难，但是他们在日常语言之外却拥有一种可传达神话的文学语言。难道我们可以说这样的民族是原始的吗？

关于全球化的进程，我们忘记了这一现象在欧洲文艺复兴时期就已经开始了，那时开始了最早的东方和中国之旅。全球化本身并不是坏事。交流促使医学、科学更快地发展。也许信息技术的普及使竞争更加激烈，却也有利于维护世界和平。

现在，去殖民化后，文学是我们这个时代男男女女表达自我身份的一种方式，也是要求话语权、维护多样性的方式。马提尼克人艾梅·塞泽尔的诗歌，马达加斯加人拉哈里马纳纳的诗歌，魁北克印第安蒙塔涅人丽塔·梅斯托科休的诗歌，尼日利亚人索因卡的诗歌，美拉尼西亚群岛新喀里多尼亚人德维·戈洛代的诗歌，毛里求斯人阿南达·德威的小说，刚果人维尔费利德·恩松代的小说，美国新墨西哥州印第安人斯科特·莫马代的小说，拉克塔苏人谢尔曼·阿莱克西的小说，都让我们明白了世界的复杂性。

世界范围的文化是我们共同的事业。但它首先是读者的责任，也是出版商的责任。的确，加拿大北部印第安人为了能让人们听到自己的声音，不得不用征服者的语言——法语或英语来创作，这是不公平的。的确，要让毛里求斯或安的列斯群岛的克雷奥语有一天会像现在媒体上占绝对统治地位的五六种语言那样轻易听到，那纯属幻想。但是，如果通过翻译，世界能听到他们，那么新的事物、某种乐观向上的东西就一定能产生。虽然自葛兰西以来，文化经常被政治工具化，成为政治的幌子，但是走向世界是任何现代人都不能错过的一种历险，不然就会封闭或僵化。

我常常说，文化，是我们的共同财富，是属于整个人类的东西。但要使这成为现实，就应该赋予每个人同样的方式，以接触文化。就此而言，历史悠久的书籍正是理想的工具。它实用、方便、经济。它不需要特殊的技术创举，而且在所有气候下都可以保存。它唯一的缺陷——这也是我特别要向你们，向出版商朋友提出来的——就是在很多国家书籍还是很难获取。在毛里求斯(我很了解的一个小国家)购买一部小说或者一部诗集的支出,占去了一个家庭预算开支的很大部分。在非洲、东南亚、大洋洲,在墨西哥,书籍依然是一种不易得的奢侈品。这一弊端并不是无法解决的。比如与发展中国家合作出版,设立基金,用于建设图书借阅室或流动图书车;更普及的方法,就是更加注重少数民族的语言需求及创作,有时少数民族的人数还是很可观的,这些都可以促使文学继续成为自我认知、发现他者、聆听主题丰富又曲调多样的人类协奏曲的最佳途径。

(樊艳梅　高方 译　高方 校)

论文学的普遍性

编者的话：这是勒克莱齐奥以南京大学名誉教授身份发表的第二篇演讲。2012年5月17日至21日，勒克莱齐奥来宁参加南京大学110周年校庆活动。5月18日，他在南京大学逸夫楼进行了公开演讲，与在校师生、文化界人士共同就文学的普遍性这一话题展开探讨。

“普遍性”似乎总被视为文学的优秀品质，它意味着一部作品跨越了地域与文化差异，触及全人类共有的心灵内核。然而，勒克莱齐奥却说，“文学，与一门语言、一种文化、一个政治场域相联系，表达的是地方性、区域性，抑或在最好的情况下，表达的是民族性”。文学是具体时代与社会的产物，它并不走在时代之前，反而深深刻上所处社会的烙印。同样，作家也绝非悬浮于时空之外，“他们的首要目的，不是与世人对话，而是与世人比邻而居”。哪怕是我们通常认为写就“普世”之作的大师，思想中其实也不乏偏见。

为了理解这一悖论，勒克莱齐奥选择重新梳理“普遍性”的概念。他敏锐地指出，罗曼语中，普遍性的观念，尤其是权利普遍性的观念，是随着欧洲近代资产阶级革命逐步形成并推广开来的。但这一时期同时也是这些国家积极推行殖民扩张的时期。受其影响，一种错误的普遍性观念也在文学艺术中诞生：它把艺术与文化分为三六九等，并将普遍性视为在世界范围内走向胜利与成功的唯一表达方式。

只有克服对普遍性这种错误的认知，才能看见文学真正的“普遍性”所在。其实，文学固然是个体的、特殊的，但它正是在创造自己独特世界的过程中触及每一个读者，并由此达到普遍性的。普鲁斯特如此，老舍亦如此。文学本就是让世界上所有人发出不同声音的途径，而文学的使命，就“在于超越它自身的边界……带给他们批判性的财富和生命之活力”。

对于文学，勒克莱齐奥总是乐观的——但他的乐观却带着对现实的清醒认识与对历史的深刻思考。他以历史的视角反思文学与普遍性的观念，又以真诚的目光注视每一种独特的文化。更重要的是，他总是乐于让不同文明、不同文化相互对话。正因如此，我们才能从演讲中了解到从白令海峡直至巴塔哥尼亚高原神话的异同，才能更为真切地意识到不同社会、不同人群是如何紧密联系在一起的。

其实，勒克莱齐奥在南京大学的此番演讲，何尝不是他口中普遍性的一次例证？我们完成阅读时，也就完成了一次对自我边界的超越，完成了对自我的丰富。

我们的话题实在是个悖论。因为仔细想想，还有什么比文学更不具有普遍性呢？文学，与一门语言、一种文化、一个政治场域相联系，表达的往往是地方性、区域性，抑或在最好的情况下，表达的是民族性。荷马、维吉尔、但丁、杜甫、拉封丹，一个个都是他们所生长的国家的光荣，是他们所使用的语言的荣耀（他们在大多数情况下并没有选择这些语言）。他们恒久持续地影响着这些语言，塑造这些语言，赋予这些语言以灵性、丰富性，也赋予这些语言以真。正如法国文艺复兴时期代表性诗人所宣称的那样[①]，他们在“发扬”和“保卫”他们母语的使用，证明他们的母语，当然还有不得不与拉丁语、希腊语或梵文竞争的新欧洲语言，可以与古老语言一样用于思想的表达。

这些作家，以他们的艺术，以某种方式，也介入往

① 指法国诗人杜贝雷于1549年发表的七星诗社宣言《保卫和发扬法兰西语言》。

往不公正和不平等的语言竞争中。他们为在不同国家强推唯一的语言和文化助过力。艺术,起初是为中央权力服务,最终又反过来促进了“弱小群体”的创造。

这一状况是不是令人遗憾呢?假如各个国家没有形成大的思想潮流(宗教的或者哲学的),而是被无数的语言分裂得支离破碎,分割成众多的政权,其中大部分或许还是部落式政权,那就很难想象世界文化将是一幅怎样的景象。也许交流不会被排斥,也不会排斥神话与传说的相互传播,各种形式和思想的迁移。世界恐怕也不会更加太平——哪怕没有征服之战和普遍冲突。北美土著人让我们意识到了语言和文化的细分多样在艺术和口头文学上会达到怎样的创造。哲学家克洛德·列维-斯特劳斯证实,神话遍布南北半球,从白令海峡一直到巴塔哥尼亚高原最南端,经久不衰,纷繁复杂,却显露出一致性。反复出现的重要主题,如空间之四方、四色、阴阳之二元对立、时间周期观念等,也同样出现在远东，尤其在中国。西欧的共同精神文化遗产，如三等级社会之区分，与牛类饲养相关的神话，以及迦勒底的后人闪米特人的共同精神文化遗产，如对失落的天堂的探寻，对圣像绘制的禁忌等，都跨越了时代，影响了艺术和文学。

或许，只有伊丽莎白的绝对权力，才能令英国戏剧诞生；或许，只有工业时代和殖民时代到来，西欧才会创造出狄更斯式的现实主义小说。艺术永远不会与时代无关。它表达时代，却不走在时代之前。如果艺术给人教益，这一教益并不是面向后人，而是面向它的同时代人。

因此，文学是时代和地域的产物。塞万提斯创造了讽刺小说，塑造了悲惨的骑士形象，在那个时代的欧洲，资产阶级替代了过时的封建制度；而在同一时期的法国，乔治·德·拉·图尔在他的画中尽情嘲讽小贵族地主，把贵族青年描绘成茨冈女贼的猎物。骑士小说已经过时了，只有那些要去征服新世界的无知冒险家还从武功歌和《阿玛迪斯·德·高拉》中汲取灵感。他们并不知道，他们要征服的阿兹特克人实际上充满悲观主义思想，为无可避免的末日所困扰，因此才甘愿牺牲自己。征服者即使明白这一点，也丝毫不会改变其征战的残暴和冷酷。普遍性，无论对于征服者还是被征服者，都是不可思议的一种观念。

回到我们的主题上来。我，虽然已经上了年纪，但并不属于旧世纪。我还记得，在哲学教科书中，教授的内容只限于欧洲的范例，尤其是古希腊和古罗马哲学。整整三大卷的教科书，包括心理学、逻辑学和伦理学（美学仅另辟简单的一章），只有在末尾寥寥数页才提及世界上的其他哲学流派，如印度、日本和中国的哲学。显然，其中的论述没有把它们视为真正的哲学：印度的是宗教迷信，日本的是一种政治体系，而儒家中国的，则是一套符合国家准则的应用体系。无需进一步说明，在列举的哲学中，土著美洲、非洲和大洋洲是完全缺席的。

到50年后的今天，我并不确信上述观念已经改变。比如，在法国，我们继续强调宣称启蒙运动和1789年人权宣言继承者的理性精神的优越性。这一遗产被认为是通向世界共和国的序言，只有世界共和国才能替代民族-国家，促成和平与和谐的来临。不幸的是，这种观念会导致一种不健康思想的重新诞生，即各种文化是不平等的，在各种生活模式、艺术和语言之间存在着某种等级。

现在我们来谈谈文学，因为这是我选择在今天与大家共同探讨的主题。开场白有点长，大家可能会觉得有些离题，我的目的实际上是为了将作家置身于历史语境中考察。

说到底，作家到底是什么？是在一个国家出生，受教育，接受一门语言和一种文学遗产，并运用这一遗产创造自己作品的男性或女性。这一遗产非常重要，决定了作家的写作使命与冲动。然而，这并非全部。当作家不写作的时候，他（或她）得生存。作家如何生存，因为，写作这一行当通常并不足以养活他或她。为了生活，作家得教书，如马拉美教英文，让-保罗·萨特教哲学，于连·克拉克教地理；甚至行医，比如拉伯雷、塞利纳、安德烈·布勒东；或者从事特殊的行当，如德·福是地毯商，托马斯·莫尔当牧师，阿格里帕·德·奥比涅当兵，马尔科姆·德·夏扎尔在电话公司当雇员，或胡安·鲁尔福在自来水公司当小雇员；还有的从事非常特殊的行当，如柯莱特当过巴黎帕特克朗音乐厅的脱衣舞娘。这些职业只是为了谋生，并不能代表作家内在的人格，不过它们会影响作家，并不时体现在作家的文字中。作家并不是一个仅仅生活在文字世界的男性或女性。哪怕是像斯塔埃尔夫人或马塞尔·普鲁斯特那样衣食无忧的作家，他们的生活也与现实相关，现实滋养了他们的想象。

我们离普遍性实在相距太远。塞万提斯,作为他的时代的批评者,有时候,思想表现得还有些狭隘。他花时间来躲避债主,谋求他得不到的职位,在最后的岁月里历经辛酸。堂吉诃德所表现的普遍的伟大与其创造者对阿拉伯人和茨冈人表现出的蔑视背道而驰,而塞利纳则因厌恶女性和种族主义而饱受争议,他和陀思妥耶夫斯基一样,对犹太人有着病态的仇恨。

这并不会让人震惊。作家生活在社会中,读各种报纸,听各种传闻,有时还会夸大传闻。他们的首要目的,不是与世人对话,而是与世人比邻而居。有时,作家与其头顶上的普遍性光晕距离之遥令人瞠目;剧作家勒内·德·奥巴尔迪亚曾说过,他的一位居住在布拉格的朋友曾遇到过弗朗兹·卡夫卡。卡夫卡经常走出他孤独的房间(房间的窗户朝向一个教堂),到咖啡馆与一帮朋友见面,向他们朗读自己刚写完的文字,朗读经常中断，自己笑个不停。《审判》和《变形记》的作者能够视自己为喜剧作家，这一点着实能让当今的读者惊讶。这表明作家与其作品的不同所在，也表明了作家所不能把握的东西。或许，正是这些东西构成了文学的普遍性。

现在，让我们一起来考察我们所理解的“普遍性”。

这个概念，在罗曼语中出现得比较晚。首先，它指代宗教以及教徒之整体。同样，在天文和物理领域，它也构成科学（另外一种宗教）的特点：如万有引力、重力法则、光速等。权利普遍性的观念出现得更晚些：它形成于欧洲革命时期（首先伴随着英国的君主立宪制出现，继而在法国随着大革命出现，其后，更晚一些，即第二次世界大战之后，在《世界人权宣言》中体现）。然而，权利的普遍性是相对的。甚至就在这些慷慨的思想形成时期，法国和英国就在大幅度地推进奴隶贸易，令成百万的男人、女人为奴，将他们运往殖民地。正是这些国家的殖民扩张建立了一种基于不公的体制，而就在同一时期，共和政体获得了胜利。伟大的思想也可以如此被引入歧途。殖民军队以共和国之名，在非洲，在东南亚，在大洋洲，犯下了最为不公的罪行。文学，除了一些罕有的例外，并没有以一种抗议的力量而出名。相反，文学在对异域情调的创造中利用了这些不公正，在塞利纳和苏亚雷斯时代，甚至几近种族歧视。在艺术和人文学科领域中发展起一种带有偏见的阅读：视艺术为一种进化，即从原始艺术演化到古典主义的完美，这种观念是对西尔维斯特·S.科恩（《人类种族史》）的种族中心主义的一种回应。我们在其中可以觉察到一种普遍性观念的危害；它迫使人类采用唯一的表达方式，仿佛人们走向普遍真理走向普遍思想，就等于走向科技进步。殖民主义时代终结了，可叹的是，并没有表明这种排异思想的终结。专制依旧当道，有时让人出乎意料：大数法则就是一个例子。打个比方，从统计学家那里，我们得知，最近几年在中国，出生的女婴比往年出生的个头要小。我们于是有可能得出结论，中国的女孩子以后个头会比较矮，因此，全世界的女孩子的个子也会比较矮。这个结论会遭人取笑。不过，我们有必要担心类似的推论会污及其他领域，比如政治和文化领域。文学，会在舆论压力之下，沦为正统和守旧观念的传声筒。我们也可以觉察到选票政治的推延：最近，巴拉克·奥巴马先生不是宣称，无论当前世界局势怎样，危机形势如何，生活方式（美式生活方式）绝不会遭受质疑吗？我们要小心，在这一压力之下，普遍性并不意味着有一天（如同在过去）会对世界的呼声充耳不闻。

我们回到文学上来。如果，文学有时会触及普遍性，并不是因为其天职如此。相反，恰恰是因为文学是个体的、特殊的、带有偏见的。我甚至可以说，文学正是在局限性中完美地实现了普遍性。我们可以举两个极端的例子，两位世界知名小说家，来自截然不同的世界，两者之间没有任何共同之处。

第一位是法国小说家马塞尔·普鲁斯特，他撰写了一部美丽时代（因昙花一现而获得此名）小资产阶级食利者社会的编年史，即《追忆似水年华》。当代读者，和我过去一样，会感到与那个自私、有教养而又怪诞的社会格格不入，而我们时代的焦虑与作者笔下的卡布尔已相距甚远。然而，吸引我的，却近乎于悖论。我觉察到，在肤浅的伪装之下，流动着激情，上演着一幕幕戏，构成了血肉之躯切实的肌肤。时间的困扰，快感之中的痛，斯万残忍的游戏，诱惑和控制奥黛特，接着又以不堪的方式抛弃她，将女孩置于他亲近轻蔑的目光之下，所有这一切扰乱了我的心绪，令我激动，因为我能够立即感受到这一切。假如没有这种认同的付出，也就是说，这种让人欲罢不能、开拓障碍重重之地的记忆游戏，假如没有这种要求我们在一个封闭社会——和其他任何一个民族社会同样复杂有序——去探索人性的智慧，假如没有这种高傲的优雅，作者正是以这种优雅来邀请我们分享他所创造的世界，仿佛强行闯入了一个梦境——沉睡中的男人被流逝的时间、有序的岁月和整个世界所环绕——假如没有这一切，我在阅读作品中所体验的历程、惊诧和魅力或许就不复存在。普鲁斯特作品中引起我们关注的，让我们激动的，正是作品的本质所在：整部作品立足于寻找秘密（密码，是更为现代的说法）这个首要和必要的条件之上。秘密只被揭示过一次，是《在斯万家那边》的前几段中，就是斯万推开凡德伊先生家大门时叮当响起的门铃声。

我们是在中国，因此，我想谈的第二个小说家是老舍，他的小说《骆驼祥子》、《正红旗下》和《四世同堂》世界闻名。老舍小说从形式上属于现实主义小说流派，效仿狄更斯和巴尔扎克，同时也有辛克莱·刘易斯和约翰·斯坦贝克的小说之风，然而，并不是这种相近性赋予他的作品以普遍性。他的作品伟大而富有力量，是因为它被一段特殊的历史所充实，那是一个风云变幻的时代，满族社会在20世纪战争和政治的漩涡中即将消亡。而他的影响（如同福克纳的影响），却与历史的进程截然相反。他描绘的世界无比清晰真实，同时也是一个逐步凋零的幽灵般的世界。那是首都胡同的小街区，那里，家庭传统、迷信与阶级偏见盛行。在那个封闭、风趣而又感情洋溢的世界里，小说人物有时会显现英雄本色，比如小崔与冠太太（绰号“大赤包”）的斗争，或是钱老诗人，在被日本人逮捕后，有尊严地进行抵抗。他描写的中国，乍一看去，与未来的中国毫无共同之处。然而，我们却能够走进这些小人物的生活，理解他们对于日本占领的抗争和家庭悲剧中的苦痛。老舍的普遍性，源于他扎根于大众，源于他执拗地努力让过去重现。他爱自己的故乡，在表达对故乡的热爱时，他说“就像孩子爱自己的母亲”。他在作品中不倦地清点生活，各种喧嚣，各种滋味，各种气息，各种味道，各式礼仪，日常生活的乐曲，这一切构成了世界上最古老城市的一幅生活画卷。1966年（就在他去世前），“文化大革命”刚刚开始，老舍对美国记者盖尔达说：“我无法描写这场斗争，因为我无法再像学生那样感受和思考……我们这些人，都是过去的人了，我们无法为我们现在是谁而请求宽恕。我们所能做的，只有说明是什么造就了我们，并鼓励青年人找到他们自己通向未来的道路。”

我们看到了是什么将文学与现实分隔。可以说，老舍在不经意间实现了普遍性。这并不是因为他描绘世界的准确性，而是因为他的信念的力量，那是扎根在他的特殊的世界，执著地重现他的特殊世界的信念。如同埃及作家马哈福兹和《就叫它睡觉吧》的作者，纽约作家亨利·罗斯一样，老舍也改变了我们，将我们变成他的同时代人。

我上面谈到了普鲁斯特和老舍。我本可以再列举别的作家，比如塞内加尔的桑戈尔、法属马提尼克的格利桑、赛珍珠、摩洛哥的什赖比或南非的戈迪默。我本可以再谈一谈诗人让·格罗斯让，他也是作家，是《圣经》和《古兰经》的译者。他对“普遍主义”这种说法心存戒备，因为他在其中看到了威胁弱小民族语言和文化（实际上，从操这种语言的人数多少就能看出一门语言是否弱小）的一种新殖民主义的全球化倾向。我并不像他那样悲观。我相信，文学，因其多样性，借助翻译的力量，可以让我们听到世界上所有人的声音，是实现跨文化的更好途径，而跨文化，正是世界和平的关键。我在前面谈到了作家的地方性，谈到了他们与民族性的联系。不过，在我看来，文学的使命正在于超越它自身的边界。塞万提斯、莎士比亚或鲁迅与全世界公民进行对话，能给每个人，无论其性别、出身和信仰，带来他们批判性的财富和生命之活力。

今天，我们在一起庆祝南京大学的生日，因此，我想提醒大家，大学的目的，在于打开人的思维和胸怀，面向广阔的世界，进行科学的历险，享受交流的益处。希望师生共聚一堂的庆典能让我们凝聚更大的希望，更好地相互理解，更好地交流。

（高方 译）

书籍，探索之舟

编者的话：2013年11月29日，武汉大学120周年校庆之际，勒克莱齐奥应邀发表题为“书籍，探索之舟”的演讲。学生们热情高涨——活动开始前一小时，图书馆外已经排起长队；演讲结束后，听众们又拥向讲台，希望能与这位诺奖得主近距离交流。

“作家总是特别喜欢那些不合逻辑的假设，以此来阐明自己的意图。”演讲一开场，勒克莱齐奥便凭借有趣的设问，牢牢抓住了听众的心：没有印刷术，世界将会怎样？没有印刷术的社会必然是专制的社会，因为知识将为特权阶层垄断，变得异常稀有脆弱。墨西哥的玛雅文明一度掌握发达的天文、数学知识，拥有先进的科学技术。但这些成就却最终随着文明消亡——仅存的手稿，也在西班牙人登陆时，被一把火烧了干净。没有印刷术的社会，大众被迫生活于蒙昧之中，艺术高不可攀，自由遥不可及。18世纪的黑奴贸易，第二次世界大战时期第三帝国的野心，至今仍历历在目。

由此可见书籍之可贵。印刷术与书籍的普及让我们更好地理解周围的世界。书籍让我们认识他者，并在接近他者的过程中，更好地了解自我。对个人如此，对一个国家、一种文化来说，同样如此。故而在全球化时代，书籍也是知识普及、文化交流的重要途径，是“通向未来和平的关键”。

而大学，在勒克莱齐奥看来，正是书籍普及知识的重要象征。大学教育打破了知识服务强权的局面。大学的独立性让它拥有抵抗的力量，成为人类智慧结晶的庇护所、自由精神的守护人。大学教育的价值在于民主化；而防止人类重蹈“无书时代”之覆辙，便是大学肩负的职责。勒克莱齐奥从这个角度理解校庆的含义：他从中看到了人类精神财富的不断延续，看到了知识血脉的不息流淌。

这篇演讲中，勒克莱齐奥贯彻了他对书籍与知识的理解，尤其是他反对知识垄断、支持文化交流的一贯主张。但除此之外，我们还可以看到他有关大学与教育的主张。勒克莱齐奥不仅重视知识的传授，更重视大学对自由精神的传承，重视大学在开拓视野、培养探索精神、丰富人类文明方面独一无二的作用。勒克莱齐奥自己开设的课程，恰恰成了这方面的最好印证。他在课堂上对世界各地、各时期文学作品的介绍与赏析，有助于学生以书籍为舟，在精神的世界里航向更为广阔的世界。

按照加拿大社会学家马歇尔·麦克卢汉的说法，我们是在欧洲文艺复兴时期（15世纪）进入一个被他称为“古腾堡银河系”的时代。古腾堡是用活字印刷术印刷《圣经》的第一人。也许正是得益于活字印刷这项新的技术，人类得以从特权者文化时代迈向大众文化时代——即迈向文化的全球化时代。

与诸位一起，共同庆祝武汉大学建校120周年，这赋予了大众文化这一概念以特殊的意义。作为作家，今天能向大家讲述这一庆典的意义，我非常荣幸。

首先，请允许我提出一个纯粹虚构的假设（作家总是特别喜欢那些不合逻辑的假设，以此来阐明自己的意图）。现在，让我们来设想一下，设想书籍不存在。设想一下，一千多年前在中国没有发明印刷术，后来在高丽也没有。设想一下，可以大量印刷书籍的活字印刷术没有传到欧洲，没有被古腾堡采用、完善，并最终举世闻名。

你们或许觉得，这是个荒唐的假设。但是，一个没有书籍的世界，过去的确存在过。埃及人、苏美尔人、印度人、中国人几千年前就有了书写文字。他们在科学上不断发展，研究天文、几何，发明数字，有的人还发明了小数和代数。他们推动着伦理科学的发展，撰写了法典。他们提出了普遍哲学的重大问题。然而，这些在各方面都非常灿烂的文明，当时却未能发明印刷术。文人墨客写的文章、哲学论著和历史著作全都写在纸上或羊皮纸上，用线装订成册，存放在私人图书馆或庙宇中。有人想要阅读，或者初本有可能毁坏时，必须手工抄写副本，得花费数个月的时间，因此这些手抄本非常昂贵。只有极少数的人能有幸读到这些文本。正是因此，古代的这些文化非常脆弱。一有危险，一场飓风、一次大火、一场宫廷叛乱，或者仅仅是书虫和家鼠的啃噬，书籍都会轻易被毁。在希腊、中国或是埃及，古文明的科学和艺术思想时刻都受到时间和恶劣气候的威胁。这些宝藏如同守财奴的宝贝一般，始终掌握在小部分人手里。无论是东方还是西方，多数人仍处在无知之中，也因此处于专制统治之下。

墨西哥南部的玛雅古文化就是不平等社会最显著的例证。玛雅人的科学发展成果卓越。在恶劣的环境里（气候干旱），他们建立了拥有水利系统的农业，可以养活百万男女，并建造了一座座很大的城市，城里有六十多米高的建筑，可以与我们今日的摩天大楼相比。他们的精确科学达到了非凡的高度。通过观察三个天体太阳、月亮和金星的运行，他们发明了自己的历法，其精确度不亚于我们的原子钟——比当时其他大陆上的历法超前很多。

他们的科学和思想书写、记录于纸上，装订成一册又一册，书写文字与中国人发明的表意文字类似。但是这种科学和书写著作都是唯一的，只有少数祭司懂。西班牙人登陆墨西哥海岸400年前，这个文明早已崩塌，所有科学与之一同消亡。只有少许手稿幸存下来，而西班牙征服者迪亚哥·德·兰达下令搜查这些手稿，将搜到的手稿全都放在城市的主广场上，烧得一干二净。玛雅文明就这样消失了，因为没有书籍得以留存。

我们的文明是否有所不同呢？如果书籍不存在，我们的文化也会如此脆弱吗？在过去，专制暴政往往攻击文化，因为君主觉得书籍中隐藏着一种令人生畏的权力，书籍的力量确实也比暴君的权力更强大，更恒久。在中国，秦始皇想方设法烧毁所有书籍。近代历史上，专制者阿道夫·希特勒想在纽伦堡城里架起柴堆，将他统治下被禁的著作全部焚毁。这种威胁在我们这个时代也不能幸免，比如前不久我们在马里的通布图市的图书馆洗劫中看到的。战争威胁到的往往不仅仅是人，还有文化。今天我们非常清楚，在伊拉克巴格达市上空的轰炸给世界遗产造成了多大的损失，无数古籍经典和珍贵的艺术品在轰炸中焚毁。

我们继续假设吧。如果印刷的书籍不存在，那么我们今天所认识的一切都将不复存在。我们多数人都会成为奴隶，我们会在对科学，甚至是对书写的无知中长大。或许我们会住在封闭的城中，外受敌人威胁，内则受困于一帮高高在上且冷漠无情的权贵所强制的荒唐无理的规则。在我们今天看来构成人之本性的大多数情感，都会在奴隶般的生活和绝望中被禁锢而枯亡。对于大多数人来说，艺术尤其会变成遥远的幻影，只是一道模糊而深奥的夺目光彩，如同海市蜃楼。仪式、宗教，甚至惯例习俗，都将无法理解，其中混杂的是可怕的祭献。我们的孩子，将如同古埃及或玛雅人一般，会被抢走，被阉为奴或沦为卖笑女。我们说的语言也不能与我们的主子说的一样，甚至连梦也被大祭司和占星家所控制。我们生，我们死，无由，无名，留不下一丝记忆。我们假设的这番景象也许近乎极端，但是不能忘记，这种景象在18世纪的奴隶买卖时代是存在的，而且1930年出现的第三帝国想达到的几乎就是这番景象，多亏我们父辈的英勇抗争，第三帝国的企图才未得逞。

现在，我重新再来谈书籍。

书籍或许是我们最珍贵的财富。书籍不仅是过去的见证，也是探索之舟，帮助我们更好地理解周围的世界。在阅读《水浒传》和《四世同堂》的时候，我在另一个文化中冒险畅游，发现了不同于自己的真实存在。不过，这样的冒险之旅也是内心的冒险之旅，我从中挖掘出了我内心的中国部分。对他者的认识是不可或缺的财富，而正是在接近他者的同时，我们才能认识自我。没有书籍，这样的历险将难以实现，或者不可能实现。

人们往往会思考文化全球化的问题，思索面对其他国度的文化时如何保护本国文化。对祖国的爱诚然是可敬的情感，对很多作家、艺术家都有所启示。但是借助翻译传播外国书籍，是滋养本国文化的血液，因为每种文化都是相遇与交流的结果，纯粹的文化只能是贫血的文化。塞万提斯、莎士比亚、老子是属于全人类的，只有书籍才能让我们进行探索。这样的文化并不会受到其他文化的威胁，事实完全相反。只了解本国文化的人，了解的其实只是这种文化的一部分。因此，在今天看来，书籍在全球化的交流中扮演着核心角色，或许这正是人类最伟大的事业。它的主要目标就是知识的普及。

通过书籍对知识进行普及形成了一种象征：这一象征，便是大学。

与印刷的书籍一样，大学在人类历史上出现很晚。几千年里，教育曾一直存在于书院或宗教学校，旨在培养为强权（大主教、君主、官员）服务的有知识的阶层。教育的出现正值政治体系的转变时期，首先出现的是精确科学和伦理科学。在历史最悲剧性的时刻——比如中国受到日本侵略的时候——大学又是一处避难所，抵抗其他力量，保留文化。正是在大学的怀抱里，自由精神和前人遗留下来的学识幸免于难。大学的独立性给予其抵抗的力量。大学建立在知识的优越性之上,因此必须高于所有政治机构。借助文本的研究与探索,大学创造了真正的人类本质,那是非物质而又真实的技术实体,不受任何外界事件影响。大学教育的价值在于民主化。哪怕是在最艰难的时期,比如欧洲18世纪的特权时期,或是在那些被帝国主义和殖民主义压迫的国家里,大学依然向所有表现出学习兴趣和渴望知识的男性和女性开放,无论他们出身如何,来自哪个社会阶层。大学并不培养贵族,不保护任何特权。在历史的长河中,大学展现出的是一个追求精神和探索发现的世界,忽略的是个人的富足或名利。

书籍是我们最崇高最自由的部分。就像汉语里所说的,书籍是一片海洋,在书海中航行,读者可以获得乐趣,增长学识。书籍组成的是大学学习中用之不竭的知识的原料。书籍形式多种:可以是科学论文、百科全书、历史文本或文学创作。书籍无处不在,每种语言都有。通过书籍认识世界如同一场历险。

今天,我们居住在一个复杂、危险的世界里,其中也不乏惊喜。现代,在经历了艰难的考验和血腥的战争之后,我们进入了能够渴望普遍和平的新纪元。对知识的历险与对他者的了解而言,书籍是最好的工具。书本易读,无需电力,方便携带与整理。我们甚至可以把书装在口袋里。书是忠诚的友人,不会欺骗,而书写出来并不是为了让我们幻想一个普世和谐的乌托邦。书向我们打开的是认识他者的大门,其中有优点也有缺陷。书让我们与其他文化的交流得以实现,这正是通向未来和平的关键。

我在开头提起过远古时期,那时,印刷的书籍还不存在。那个时代给我们留下的遗产是一部部非凡的作品,没有这些作品,人类就无法在道德和智力方面有如此的发展。在古希腊,有柏拉图的思想,当然还有索福克勒斯或是欧里庇得斯的伟大的悲剧。在意大利,有蒂托·李维的历史著作和马可·奥勒留(奥古斯都大帝)深邃的思想。在印度,有伟大的婆罗多族的故事、苏摩提婆的故事,《一千零一夜》的灵感正是由此而来。在中国,有道家思想的著作,有孔夫子的思想。所有这些宝藏穿越了一个又一个漫长的世纪,传到了我们手里,这种传承有时甚至付出了血的代价。大量的书籍或许无可挽回地毁掉了。而在今天,有书,有图书馆,我们终于可以对知识的永久传承充满信心。我们历险的渴望在图书馆藏的书海中得到满足。有了电脑,虚拟书籍的到来为知识的长存再次提供了保障。

但是我们必须时刻警惕。秦始皇和纽伦堡的火堆时刻都有可能死灰复燃。为了避免这一切重演,大学扮演着重要的角色。正因如此,武汉大学的校庆,可以说是全人类的一种庆典。没有大学滋养和维系的记忆,没有探索所必需的知识,我们会成为精神的孤儿。没有世界性的图书馆的保护(武汉大学是其重要的一员),全人类的未来都会受到威胁。书籍也是知识的血液。没有书籍，像我这样的作家就会失去支撑自己的精神食粮，创作将会失却过去，没有共鸣，作家的笔墨将会如清水般无味。

祝武汉大学永世其芳。

（张璐 译 许钧 校）

困境时代的作家

编者的话：2012年12月初，勒克莱齐奥时隔47年再次踏上广东的土地，参加了一系列文化活动。12月3日下午，他做客广东外语外贸大学，发表主题演讲。讲座现场，勒克莱齐奥被正式聘为广东外语外贸大学荣誉教授。演讲之后，勒克莱齐奥又与许钧、作家毕飞宇、广外校长仲伟合围绕“全球化与大学生的人文情怀”这一主题举行了圆桌论坛。

演讲现场的氛围很是热烈。报告厅里座无虚席，主办方另又安排了两间教室做实时转播，才总算满足了到场听众的需求。当勒克莱齐奥走进会场，全场听众起身鼓掌欢迎，好像在为一位久别重逢的老友接风。似乎与之相应，勒克莱齐奥的演讲也以一句中文的“你好”开头，增添了几分亲切感。

不同于前几篇演讲，这一次，勒克莱齐奥选择以自己的写作经历开场。他以怀旧的语调谈起儿时读过的外婆的藏书，尤其是令他印象深刻的百科全书与19世纪小说。战争年代，阅读成为培养想象力的最好训练。无论莫泊桑、莎士比亚还是兰波的作品，都在他脑海中留下了不可磨灭的印记。至于写作，勒克莱齐奥的创作生涯经历了几个困难时期。他生于第二次世界大战，但当时资源的匮乏却无法掩盖他初试创作的喜悦。青年时代，阿尔及利亚战争让他面临强制参军的命运，而勒克莱齐奥则用《诉讼笔录》《战争》等书作为对这场战争的抵抗与回应。

表面上看，今非昔比，当今世界繁荣富足。可勒克莱齐奥却说这是一个更加艰难的时代。不仅因为社会愈发冷漠自私，种族主义死灰复燃，更因为在信息爆炸、图像泛滥的当下，交流愈发容易，却也愈发单调。“讽刺替代了批判精神，愤世嫉俗替代了清醒睿智。”比之战争带来的困境，当代的困境更应令人警醒：因为它包裹于美丽光鲜的外衣之下，极具迷惑性。

而突破困境的重任，便再一次落在了文学身上。因为文学拒绝不切实际的幻想。它是我们跳出一种文化、触及人类整体的途径。当然，“文学既不是灯塔，也不是和平的避风港。文学仅仅是看得见的道路中的一条，让我们得以继续前行”。

值得一提的是，在谈及文学独特的普世价值时，勒克莱齐奥特别提到了老舍的作品。老舍是勒克莱齐奥钟爱的中国作家。他在不同场合都曾不惜笔墨，表达过自己对老舍的赞赏之情。勒克莱齐奥在老舍关于胡同生活的描写中，看到一个行将消失的世界；然而正是这个属于过去的世界，在这位异国读者身上，引发了超越文化的归属感——这或许才是勒克莱齐奥口中文学普世价值的真正所在。

我出生在战争年代(1939—1945),那时书籍极度匮乏。外公、外婆、母亲、哥哥和我,我们住在七楼的一个顶楼小公寓里,没有孩子读的书。外婆的藏书架有一些书,主要是辞典和百科全书,放在书架最低一层,最上面一层,是19世纪的小说,是不适合给未成年的孩子读的。可是,引发我阅读兴趣的,正是这两层里的书。我们常常醉心于百科全书,跟着随意翻开的书页、不期而遇的词语,长时间在里面冒险奇遇。我记得在里面发现了“mariner”这个词(意思是一条大船漂流在海面上),而我最初写的几本小书中,就有一本幻想地理小论,题目就叫《飘浮的大地》。最吸引我的辞典,叫作《交谈艺术辞典》,是1857年出版的,有30卷,专门为已婚女性提供交谈的话题,让她们在自己丈夫的沙龙里可以表现出色得体。从食人族到动物崇拜,所有的主题都有所阐述。人类历史上的所有重要人物也都有所描写：亚历山大大帝、埃及艳后克娄佩特拉、孔子（书上写的是孔夫子）、尤里乌斯·恺撒，还有耶稣，其中很重要的一章专门写了拿破仑一世——那时的法国刚好处于他的侄子拿破仑三世的统治之下。里面的词条都是那个时代最重要的作家写的：有儒勒·雅南、米什莱、司汤达（有关意大利的词条），或是热拉尔·德·奈瓦尔（有关英国的词条）；不过在里面找不到雨果，因为当时他因反对拿破仑遭到流放。吸引我们的，自然不是这些作家，而是词条的主题。我们把这些词条当作同时代的作品来阅读，当作我们未知世界中最真实准确的资料来看待。时至今日，我依然对那个时代满怀思念，那时学习知识是如此困难，自己必须下不少功夫，因为这些辞书非常厚，印的是一行行小字，里面没有一幅插图，然而，我们却久久地流连于这些辞书，遗忘了现实，逃离了日常生活物质匮乏的种种烦扰。那个时代，阅读成了培养想象力之价值的最好的训练。书架上有其他一些书，外婆自以为放在了我们够不到的地方。可我常常爬上小板凳去够书。七岁的时候，我就读过了莫泊桑、皮埃尔·路易斯、阿纳托尔·法朗士、于斯曼的故事和小说。这些书不是写给孩子看的，但是我还记得在读这些书时感受到的那种新奇和迷惑。尤其是莫泊桑的自然主义小说《一生》。我觉得自己其实并没有理解里面所讲述的故事，那是一位被有外遇的丈夫欺骗而最终破产的年轻女贵族的故事，但是我为这个违背道德的故事而着迷。我发现了道德的禁忌、罪恶和残酷；我尤其发现了写作的艺术，发现了作者的天分能让我们进入人物灵魂深处，甚至在不断翻页的过程中被焦虑所挟持，期待着故事的结局，仿佛小说讲述的是身边亲近的人的事情。现在我又好好想了想，觉得外婆其实一直知道我们沉浸在成年人的小说中，她身上的独立精神让她做出决定，放手让我们在阅读中自己找到生活的教训。后来，我外婆离世了(我成年以后),19世纪末的这些书也在书架上消失了,很可能是因为我母亲认为这些书没有价值,甚至有些恶趣。然而这些书的消失让我很是伤心,因为再没有哪本书能像这些书一样让我感觉离文学是那么近。我当然可以在旧书店里去买这些书,但是书的版本就变了,里面大胆而古旧的画面变了,书香也变了。

书籍在我身上留下的正是这种生理上的印记,无可替代。当我有能力购买自己最初的几本书时——我的父亲反对"零花钱"的想法,所以我只能卖卖旧报纸,或有时为橄榄油磨坊搬运橄榄来挣钱买书——我选择的是我认为不可替代的一些书:首先是英文版的莎士比亚,全一册,里面收了他所有的戏剧和十四行诗,有著名的男女演员的剧照做插图。书的第一页,有这部书的上一位主人庄重地写下的箴言(后来也成了我的箴言):"My moto: be true to myself."(我的箴言:做真实的自己。)我背下了剧中的大段台词,并且从未忘记,例如《李尔王》中的这句感叹:"But I am bound upon a wheel of fire, / That mine own tears do scald like molten lead."(但我是缚在火轮上的,我自己的泪也像熔了的铅一般烫着我自己。[①])还有朱丽叶想念爱人罗密欧时的哀叹:"Sweet, sweet, sweet nurse, tell me, what says my love?"(好,好,好奶妈,告诉我,我的爱人说些什么?[②])最后,尤其要说的,是阿尔蒂尔·兰波的诗歌全集,特别是《彩画集》,对于十五六七岁的我来说,如同天使的话语般神奇莫测。

写作是一场历险。在我小的时候,因为战争的原因,纸张和铅笔都十分缺乏。我最早的几首诗,不得不写在定额配给券的背面,用的是木工用的红蓝双色铅笔,那时我才不到六岁。我也在外婆拾回来烧火用的木

① 《李尔王》第七幕(梁实秋版)。
② 梁实秋译。

板上用粉笔写写画画。之后有了纸张，一种用稻草做成的质量不好的纸，我在这种纸上写自己的小说和诗歌，为了更接近印刷体，我用大写字母写成，那时感受到的喜悦是无与伦比的。随后我15岁时，以同样的仰慕之心发现了打字机。在一间基督教年轻人聚会的大厅里，一架安德伍德牌打字机端放其中，应该是战前的机子了，其古旧感让人想到了赫伯特·乔治·威尔斯笔下的时间机器。我把自己写的诗带来，我凝视着这些词语，随着我一次次按下字母键，我的词语一个个印刻在纸上。在我们的时代，哪怕是在信息技术领域里，任何完美而杰出的发明也无法让我再次感受到那么激动的心情。

另一个困难时期是阿尔及利亚战争时期。这一时期离我似乎非常遥远，因为事实上，这个时期标志着殖民的结束，标志着过去被占领并屈服于殖民当局的人民迎来了新的时代。我尤其记得1961年夏天，战争发展到极端时，恐怖主义袭击和法国军队的掠夺都愈演愈烈。那个夏天，我写下了《诉讼笔录》，一边在等待着，也许会不得不去参军，去攻打只是为了自己的自由而战的人民。介入小说似乎并不是去表现这种焦虑，因为法国的知识分子被迫沉默。我的小说展现的正是这种境遇，一个年轻人被政治暴力与疯狂所侵袭的境遇，战争持续下去，超越了限度，因为戴高乐将军不顾联合国的谴责，意欲继续在阿尔及利亚境内的撒哈拉沙漠进行露天核试验。写作因此具有了抗议的色彩。我后来出版了《战争》。同一时期，让·热内发表了几部反战剧，皮埃尔·古约塔发表了《五十万士兵的坟场》。

那是一个对所有人来说都非常艰难的时期。然而今天我觉得，尽管我们有所发展并开始富足，但我们似乎生活在一个更加艰难的年代，这正是作家必须面对的焦虑年代。我说的不是经济危机。我在战后的欧洲生活过，那时更加贫困，我们没有足够的食物，穿的是打满补丁的衣服。在战后的那个时期，尼斯这个今天以华丽的酒店和赌场为傲的城市里，当时有很多老人饿死了，我说的一点也不夸张。因为药品的匮乏，很多年幼的孩子得了小儿麻痹症，或是死于在今天看来并不严重的疾病，比如百日咳。我自己也是肺结核的受害者。尽管如此，我依然觉得，我们现在生活的时代更加艰苦。当今是冷酷与自私的年代，是强国自我封闭、无视他国的年代。在这样的年代，欧洲的地方病重新出现，也就是我们所说的种族主义。有时我走在巴黎或伦敦的街上，觉得回到了狄更斯的时代，大卫·科波菲尔必须以乞讨为生，将得来的钱交给恶棍，斯克鲁奇厚颜无耻地握有支配权。普通人改换了衣着和样貌，可他们依旧生活在平日的残酷中。或许我在外婆的藏书柜中发现的莫泊桑的小说《一生》中的人物，迷失的女孩和肆无忌惮的引诱者，从根本上来看已经重回社会。

但是最大的困难并不在此。无论如何，小说家、诗人、剧作家是细致入微的目击者，他们在现实中找到了写作与想象的理由。在一个完美的世界里，他们或许会自觉毫无用处。真正的困境其实反而存在于“轻易性”之中。我想说的意思是，极大的自由令全世界的交流变得很容易，可这种交流却单调得可怕。或许图像是造成这种“轻易性”和单调的根源。从某种程度上来说，这是奖章的背面：今天，有了电脑和电视这块大画布，我们了解世界的一切，所有人也都了解我们的一切。讽刺替代了批判精神，愤世嫉俗替代了清醒睿智。“差不多”变成了知识的规范。

然而，我发觉，文学从未如此必要。在受到图像和矛盾信息重压的世界里，文学是慢的艺术。文学不满足于几声巨响、几阵大笑或苦笑。文学对立于任何平庸的思想，对立于任何理想主义的弄虚作假。尼日利亚作家沃莱·索因卡不久前表明：“我写作不是为了提出解决方法。我写作是为了让人头疼。”世界范围的文化所遭遇的最大困难，在于其极端的甜言蜜语。那种平淡无味的恭维是危险的，因为那会扼杀生活的力量，以其色彩淡柔的外衣掩盖种族主义和排外主义的冲动。当今世界的不公平远没有消除。在很多国家，自相残杀的战争、罪行、女性所蒙受的痛苦折磨都发生在日常生活中。只有接受教育才能补救这种现状。我们还需与全球化的危险幻想做斗争。全球化这个词包含在医药或科技上不可否认的进步。但是它也被用来掩盖殖民主义的回归，有时表面看来人道，但实际与之前的帝国主义一样有害。塞缪尔·亨廷顿害人的理论（以小册子《文明的冲突》而出名）试图重建东西方古时的对立状态，以此肯定文化防御政策。文学绝对与这种幻觉相反。虽然文学是一片土地、一个社会、一种语言的产物，但是它拥有普世的使命，能够从一种文化中逃离出来。我能通过法文翻译阅读老舍的作品，阅读这位满族作家在北京胡同的生活，因为从这类细节中油然而生的是全人类的归属感。这些小说中描写的现实既有冒险性又有教育意义，我在阅读的时候，学着变自己为这种现实的一部分。如果屈服，轻易让唯一的语言、唯一的声音、唯一的节奏统治世界，那无异于否认交流，否认交流为我们这个星球的道德供氧的必要性。

在这一艰难时期——或许是人类历史上最艰难的时期之一——我们可以始终坚信文学，因为文学是我们共同的财产，将我们团结起来，将我们组织起来。文学是日常的语言和升华的语言共同构成的语言的庆典。借助翻译，借助教育，我们可以了解世界的真实图景——既不是理想主义的玫瑰天堂，也不是玩世不恭者和唯利是图者的死亡地狱。每一代人都在继续着这场斗争，仿佛这是最后一场战斗。在变幻莫测的人类社会里，文学既不是灯塔，也不是和平的避风港。文学仅仅是看得见的道路中的一条，让我们得以继续前行。

广州是东西方最早进行交流的中心之一。在广州这座古老的城市，与你们一起赞颂文学，对我来说是份荣幸，也是份特殊的荣誉。自中华文明之初，文学就一直存在。在中华历史及其平衡的发展中，作家具有重要的地位。无论古代还是现代，作家始终善于表现出独立性，有时不惜以生命为代价。

中华文化一直对写作和思想表示敬重，把写作与思想当作可与权力的极端性抗衡的力量。当今的世界，仿佛利益与对物质的追求胜于一切，但中国的当代社会继续赋予书籍和写作的人以重要地位，这对我而言具有典范的价值。通过世界各种语言高水平且丰富的翻译，向域外的文学开放，在我看来，文学这一脆弱但却必要的艺术的延续，就有可能得到保证，是文学为图书馆不断输送营养，促进人的精神的发展。

在此，对你们的接待，表示感谢。

（张璐 译　许钧 校）

科学与人文关系之我见

编者的话：2014年是中法建交50周年，中法两国展开了一系列文化交流活动。其中，南京大学与法国驻沪总领馆联合主办了法国学术周。勒克莱齐奥既是诺贝尔文学奖得主、法国著名作家，又是南京大学名誉教授、南京大学人文社会科学高级研究院“杰出驻院学者”，自然应邀出席了开幕式。参加仪式的还有法国驻沪总领馆教育领事梅艳、南京大学副校长程崇庆、法国巴黎第一大学代表团、法国图卢兹大学代表团等。

为了呼应中法建交的活动主题，勒克莱齐奥的演讲从他与中国的双重渊源开始。中法建交之初，勒克莱齐奥曾有机会来中国从事法语教学工作，但最终事与愿违，未能成行。后来，他与我以翻译为契机结下了深厚的友谊，他和中国的联系也愈发密切。勒克莱齐奥坚信，中国文学，尤其是现代中国小说，特别是老舍的作品，让他不仅更好地认识了自我，也更好地认识了世界。故而在接下来的演讲中，无论是谈及文学的作用还是文学与科学的关系，他始终不忘提及中国文学给予他的启发。

文学到底承担着怎样的社会职责？勒克莱齐奥坦言，关于这个问题，他没有明确答案。或许作家不总是社会道德的捍卫者，或许文学有时与民众文化尚有距离，但可以肯定的是，无论巴金、老舍抑或莫言、毕飞宇的作品，勒克莱齐奥总能从中感觉到，作家代表的是各自生活的时代，他们所提出的是属于自身所在社会的伦理规范。

那么文学又应与科学保持怎样的关系？勒克莱齐奥指出，两者在历史上曾一度携手并行。他又一次以墨子为例，称赞他做到了哲学家与科学家的统一。而现在，在南京大学的教学经历让他看到了科学与人文学科融合的新的可能。如果当代大学纷纷以“国际化”为目标，那么此处的国际化不仅指经济、科技的交流，更应是语言、文化的交流。勒克莱齐奥尤其重视“跨文化意识”——“我们这个时代最重要的品质之一”。而文学正是跨过藩篱、连接不同文化的重要桥梁。故而对文学的兴趣，尤其是年轻人对文学的关注，便显得至关重要。

为此，勒克莱齐奥从自己的阅读经历出发，首先强调翻译的重要性。他以中法建交50周年为契机，呼吁对翻译活动的支持，希望中法两国能相互译介更多作品。其次，他还对新兴媒体持乐观态度，希望网络技术与数字媒体能促进书籍的普及化。

从墨子到老舍，这篇为纪念中法建交而作的演讲，集中提及了勒克莱齐奥最为关注的古今中国作家。此外，我们还从中看到了这位出生于第二次世界大战时期的作家对新媒体、新科技的乐观态度。或许这也正是勒克莱齐奥的开放性所在，他向世界开放，向未来开放，以宽阔之心胸，拥抱无限的可能性。

各位老师、各位同学，

女士们、先生们：

大家好！

非常感谢南京大学邀请我参加这次法国学术周的开幕式并就“科学与人文”这一话题谈一些个人看法。

我同中国的关系有着两层渊源。

第一层渊源是在中法建交之初，1966年，我当时有机会来中国教法语。想到能来中国，我兴奋不已。我记得当时自己正在法国南部，每每看到落日余晖映照下的金色天空，我便觉得中国的天空便是这样的。我买了自学中文和汉字的教材，认认真真地学了起来。但是，不知何故，我落选了。另一位候选人取代我来了中国。所以我最终未能成行。第二层渊源则要归功于我的好朋友许钧教授。他最早翻译了我早期的作品，通过这么多年的交往，我们渐渐成了朋友。我们的友情如此绵长，以至于我们注定要见到对方，而我则注定要来中国，特别是来南京这座许钧教授工作与生活的城市。与中国的这种密切联系令我非常开心，因为我得以借此发现自己身上先前并不为我所知的一面，也就是说中国在历史、哲学、人文以及文学领域所带给我的全新认识。我很早便接触到中国文学，尤其是现代中国小说，或者，说得更具体一些，接触到老舍这位20世纪重要作家的小说。我觉得中国文学可以帮助我深入认识我自己，帮助我深入了解整个世界。与中国文学的这种相遇促使我从一种宏观的视角上来思考文学以及文学与科学的关系。

我思考的第一个问题受到了萨特提出的“存在主

义是一种人道主义吗”这个问题的激发，即：文学是一种人道主义吗？这并不是一个很空洞的问题。自从我来到南京，我便有机会接触到南大的学生，不仅仅是文学专业的学生，也有很多理工科的学生。在接触他们的过程中，学生提出的一个问题经常回响在我的耳畔：作家是否应该承担社会伦理方面的使命？作家是否在社会生活中扮演某种角色？我一直觉得这个问题很难回答，自己无法给出明确的答案，因为如果说我坚持认为作家并不具备维护社会道德的使命，我却清楚地知道这个问题反映出一种忧虑，即对于作家写作深层动机的忧虑。我在读莫言或者毕飞宇这些当代作家的作品时，同我读巴金或者老舍这些历史上作家的作品时一样，觉得他们都提出了各自意义上的、相互间有所差别的社会伦理规范。就总体而言，我们可以认为，他们各自代表着他们所生活的社会时代。意大利哲学家葛兰西曾经武断地将文学认定为资产阶级的精神产物，其所面向的接受群体也仅仅是资产阶级，与无产阶级毫无直接关联。尽管这一激进观点后来被彻底推翻，但它依然为作家经常遭遇关于其社会角色的质问现象给出了解释。我无法回答这一问题。活跃于第一次世界大战爆发前的法国的诗人夏尔·贝玑曾经提出过一个类似的问题：有无可能创造出一种民众文化？在我看来，文学应当在某种程度上成为一种民众文化的产物。事实并非总是如此。有些时候，受某种审美意识或者某种理论分析的引导，文学会变得不再为普通民众，特别是乡村读者所理解。

第二个问题涉及科学与文学，或者说科学与艺术的关系。科学与艺术之间由来已久的关联到了今天是否早已不复存在？相比于艺术，科学今天是否具有优越性？而艺术则早已脱离现实？对自然的精确认识和以诗歌文学愉悦人心，我们是否还能想象这两种人类心智发展的不同趋势能够在今人的意识中融合？事实上，科学与艺术的联系在历史上一直都是很紧密的。我特别想举中国古代著名思想家墨子为例。墨子不仅仅是哲学家、社会伦理学家，也是一个在科技方面有极高建树的人。据说照相机所使用的小孔成像原理就是由墨子最先发现的。也就是说，这位生活在公元前5世纪的哲学家同时也是一位伟大的科学家。后世还有很多来自世界各国的例子，比如，在意大利有达芬奇，他既是科学家，又是艺术家；在法国有帕斯卡，他成功地集对世界的科学认知能力与令世人赞叹的文学、哲学才华于一身。因此，历史上，将科学与艺术融为一体的可能性是完全存在的，但是今天还有这种可能吗？这是我提出的问题。

大学最有可能成为科学与艺术的交汇融合之地。请容我谈谈自己的亲身体会。置身于南大，我很庆幸能够借助开课这一方式来同南大的学子交流。我注意到，来我课上的学生，专业背景很不同，但都具有开放的意识，特别是面对艺术时表现出的开放意识。一些来自天体物理学专业的学生对图像艺术、建筑艺术甚或广义上的艺术有着很好的了解。我觉得，与同学们在南大的这种交流，至少是一种令人激动的相遇，因为我从中感受到了南大在促进科学与人文两大学科交融方面做出的努力。

程崇庆副校长刚才在致辞中提到的“国际化”这个词令我印象深刻。国际化可能并不仅仅是南大的发展目标，也是世界上所有大学的发展目标。我之所以要特别提到这点，是因为我们每个人都与这种国际化密切相关。通过语言的学习和文化的交流，我们得以投身于这样的国际化进程。这种国际化不应该仅仅是经贸或者技术层面的交流，也应该是一种文化层面的碰撞。通过语言的学习和文化的交流，我们得以具备我们这个时代最重要的品质之一——跨文化意识。南大在外语教学领域建树良多，同时也注重培养学生的跨学科意识。在我看来，南大在培养学生跨学科意识方面堪称诸多大学之表率。我不是科学家，但我很敬佩科学家，我甚至对自己不够充分了解科学而感到遗憾。尽管如此，身为作家，我还是更应该歌颂文学，因为在我看来，文学对不同文化相互间的关系有着很大影响。我们经常对青年一代不再关注文学这一现象表示担忧。这种担忧并非毫无道理。当代青年人在接受教育的过程中逐渐失去了对文化和书本的兴趣，世界各国皆然。我认识的很多青年人从不读书，甚至连书都未曾碰过。对文学的这种忽视会导致当下的世界出现人性沦落和跨文化意识缺失的危险。文学是连接不同文化、促使不同民族间保持持久和平的一座桥梁。因此，完全有必要激发和提升人类意识中的这一重要维度，而不能满足于狭隘的民族主义和纯粹的科技发展。必须走近其他的学科，走近其他的文化。

我得以借助法文译本来阅读老舍的作品，得以通过翻译来理解老舍围绕人性、宽仁和人类灵魂这些问题表达的思想观点。这种阅读经历并不是借助单纯意义上的翻译便能实现的，它需要借助作为一种能够将文本的深刻性传达到另一种语言当中的奇妙过程的翻译来实现。表现为这种奇妙过程的翻译便是一种重要的人文关怀。我们今天在此庆祝中法建交50周年，我想利用这个机会来呼吁对翻译活动的支持，以便有更多法国作品来到中国，同时也有更多中国作品到达法国。因为这是一种就促进不同国家和民族间相互了解，促进人们世代和谐共处、和平交往而言不可或缺的交流活动。

刚才我提到了青年人不再重视书本文化的现象。我的观点或许不完全正确。因为新媒体的出现也可以对文化的普及起到积极作用，尽管这些新兴媒体时常饱受抨击，但它们其实相当重要。我想到了因特网，想到了文学作品的网络传播。同很多作家观点相左，我非常支持依赖网络手段来传播文学作品。我认为这是文化的一种未来形态。当然,这里面涉及版权问题。有人会认为我的观点对一名作家而言无异于自掘坟墓。不过,我确切记得在法国1968年的“五月风暴”中,我曾经提议用油印本来取代印刷书籍,并且在大街上向路人免费发放。当然,这是一种十分理想化的主张,并没有得到别人的支持。但我本人确实有这样的想法,即如果我的作品能够为更多的人所分享,我并不在乎过一种清贫的生活。我觉得对一名作家或者艺术家而言,最重要的在于其作品得到广泛传播,为世界上更多的人所阅读或欣赏。以新媒体为载体的新兴文化目前还没成熟,但它最终必定会超越一切现有文化模式。

我是法国人,但是,若以父亲的国籍论,我也是毛里求斯人。我属于毛里求斯这个小国。自1968年独立建国以来,毛里求斯与中国一直保持着很好的关系。文化的传播在毛里求斯是一个难题,因为书籍的价格相当于一个家庭一周的开销,因此买书是一件很困难的事情。但是,得益于网络文化传播途径,得益于一些书籍的电子版,很多毛里求斯人现在已经可以在平板电脑上阅读书籍。他们只需要付很小一笔钱便可以下载书籍,每人都有自己的虚拟藏书。

我以这样一个例子来结束我的发言,是因为它足以令我满怀乐观地看待文学同新兴媒体的相遇。我坚信,以书本为载体的文化不会没落,而会以另一种形式延续,而中国在这方面必将起到非常重要的推动作用。

谢谢大家!

(张晓明 译　许钧 校)

当今时代的文学

编者的话：2014年12月4日上午9时，“丽江古城中国当代文学论坛暨《大家》杂志创刊二十周年活动”在丽江正式拉开帷幕。开幕式特意选在古城内的雪山书院举行，古朴典雅的庭院为活动增添了几分别样的文化氛围。这场由丽江市委宣传部主办，《大家》杂志社、世界文化遗产丽江古城保护管理局联合承办，云南大家杂志社有限公司等企业联办的活动，确实是一场文化盛宴。出席开幕式的包括中国文联副主席丹增，中国作协副主席吉狄马加，著名小说家马原、刘恒、吕新、王祥夫，著名诗人于坚、海男等数十位国内优秀作家、诗人、文学评论家、文学期刊负责人。国内外作家齐聚一堂，畅谈文学，现场妙语连珠，氛围格外热烈。在随后为期四天的论坛期间，作家们又进一步围绕文学创作展开深入交流。

面对在座的中国“同行”，勒克莱齐奥格外详尽地细数起自己小时候读过的书籍：有辞典，也有小说；有关于欧洲的，也有关于印度、毛里求斯、非洲与中国的。他随后提起其中的几本文学杂志与周报，话题便自然而然过渡到文学杂志的作用上来。

勒克莱齐奥认为，文学杂志对文学事业至关重要。它是许多作家崭露头角的舞台——要是没有杂志编辑与评论家的精心策划，我们极可能错过许多优秀的作品。在实验性先锋文学的传播过程中，杂志的作用尤为明显。这一点，超现实主义的发展构成了最好的例证。

当然，文学杂志在当代难免受到新兴媒体的威胁——甚至文学活动本身也是如此。勒克莱齐奥却坚信文学的生命力，因为它承担着与现代媒体截然不同的功能；文学不是消遣，它既是连接人类的纽带，又是对语言本身的反思。其作用是网络、电影不可替代的。勒克莱齐奥说，在技术与应用科学主导的现代社会，文学所表现出的恰是“完美的无用”，因为它作用于精神的世界：文学促进不同民族相互交流、相互理解，它让人获得知识，并由此消除暴力，走向和平。

我出生在战争年代，既是不幸也是幸运。不幸，是因为我们那时什么都缺，缺食物，缺医疗，也缺安全。那时，我们还是孩子，生活的世界中充斥着暴力，遭遇的是急迫的困境、每日的宵禁、与死亡为邻。我们同样也缺乏所有成其为文化的东西，没有书读，没有电影看，没有学上。我们尤其没有出门去认识外部世界的自由。我们一家逃难，躲在一个山村的一间小屋子里（因为我的父亲是英国籍公民，我母亲和外婆只得躲开德国军队，躲得远远的），屋子的窗户用蓝色的纸糊得透不进光线，我们每天只能在外婆出门找吃的时候才能陪她出去几个小时。在这样的境况下，文化是没有一席之地的。每天只是为了生存，得去找牛奶，找点蔬菜，有时还得找点肉。

但是，这也是一种幸运，因为童年的这些岁月（直到十岁）让我了解到所缺的那些东西所具有的价值。战后的几年里，我接触到的书籍，都是外婆的藏书。这些书并不是少儿读物，多数是辞典。我还记得自己在一个又一个的白天里辨读一页页的辞典，看插图版画，里面有动物、鱼类、植物和各类岩石。我也曾沉浸在地图之中，想象自己将去非洲旅行，与在非洲的父亲相见。那时我不懂什么是文学。但是，我记得曾把莫泊桑的小说《一生》当成童话来读。书中的插画表现的是被一帮黑衣男人所诱惑而脱下衣衫的年轻女子，对我来说非常诡异，却又相当撩人。我的外婆把禁书放在书架高处，但是我跟哥哥找出了藏书的地方。

差不多十岁那年，我从非洲回到法国，我爷爷藏书中的两部小说帮助我发现了文学：一部是《小癞子》，16世纪的作品，作者不详，讲述的是一个给贪财、恶毒的瞎子领路的小男孩的流浪故事。另一部是塞万提斯的《堂吉诃德》，17世纪西班牙的文学巨著。这两本书让我充满激情，因为我觉得在其中读到了与我相同的情感与经历。我读的是法文译本，对作者一无所知，仿佛作品就是为我所写。随后，在爷爷的藏书中，我又发现了来自世界各地的经典作品，从马可·波罗在中国的故事，到莎士比亚、维克多·雨果、查尔斯·狄更斯的作品。我也读到了爷爷所喜爱的游记类作品，有关于印度的，关于毛里求斯的，也有关于非洲的。我似乎觉得，这些书写的作品令我的亲身经历更加刻骨铭心，令我对现实生活的领悟更具深度与真实。

在我爷爷的藏书中，也有杂志和周报，如20世纪初创刊的《旅行报》，还有《景秀之家》，其中有连载小说和文章，我非常感兴趣。杂志中还有《双世界评论》

(该杂志现今依旧存在)和一本毛里求斯文学杂志,名叫《毛里求斯胡蜂》(如刊名所喻,文学批评是带刺的)。后来,我发现了这些杂志的重要性,因为它们并不反映眼前的新闻,而是导向对当下的思考。之后,我有机会与两份杂志紧密合作,一份是让·波朗主编的令人敬仰的《新法兰西评论》,另一份是“实验性”杂志《道路手册》。我在这些杂志上发表了我写的一些没有发表过的作品,还有一些抄印在透明纸上的文字。那个时期,是文艺与文学试验的伟大时代。

这次我有幸得到《大家》杂志的邀请,来到这里,我想对大家谈一谈为何我确信文学杂志这种交流手段具有重要作用。与书不一样,杂志不为荣耀和金钱而办。事实上,杂志往往生存艰难,因为杂志往往得不到书籍那样的公告性的宣传。然而,杂志对文学事业来说是不可或缺的。对于很多作家来说(例如美国的马克·吐温或爱伦·坡,又比如法国的罗曼·罗兰或保罗·瓦莱里，或是英国的奥斯卡·王尔德)，杂志是作家一显身手的地方，他们最初的作品往往都发表在杂志上。文学杂志社编辑与评论家的工作是神圣的：每个月，或是每一期，他们都必须奉献出宝贵的精力，集合文稿，筹划特刊，选择主题，尤其需要说服投资人。法国最伟大的诗人之一夏尔·贝玑贡献出生命中最宝贵的一部分来办一本诗歌杂志，他既是主编、编辑，又是主创诗人。没有杂志，我们将无法读到兰波、约翰·邓恩的诗歌，也无法读到加缪、萨特的散文或是王尔德的《瑞丁监狱之歌》。

人们往往会思索我们当今时代下文学的命运。对一些人来说，文学的时日不长了，因为文学面临着被现代媒体所替代的危险，例如网络或是电影。我认为这种疑虑是毫无道理的：文学世界(小说、文学散文或杂志)所回应的需求与现代媒体完全不同。文学并不为现实世界提供信息。文学并不是一种排遣，并不力图让我们遗忘存在的痛苦(或者让我们洒下几滴同情的泪水)。

诺贝尔文学奖得主、伟大的尼日利亚小说家和剧作家沃莱·索因卡说得好:“我写作不是为了提出解决方法。我写作是为了让人头疼。”

那么文学到底有何用?在我看来,文学首先是连接人类的纽带。塞万提斯的《堂吉诃德》、艾米莉·迪金森的诗歌或是老舍的小说,并不只写哺育他们成长的文化。我不是满族,我不了解北京的生活,我也丝毫没有经历过日军占领下中国人所经历的一切。但是,《骆驼祥子》或是《四世同堂》,却令我非常感动,因为老舍的写作方式让我从自身困境中走了出来并感受到内在的真实。正是文学给予我这种丰富的情感纽带。幸好有翻译家的存在,文学作品得以巧妙地转换,与其他文化相适应,其他文化也同时受到影响。

这种相互影响和变形可以通过语言来实现。文学与其他现代媒体的最大区别在于,文学运用书面语言为载体,与日常短暂而多变的语言性质完全不同(哪怕小说家坚持的是现实主义写作)。换句话说,文学也是对语言的一种反思,因为作家并非支配语言,在某种意义上是服务于语言。

杂志在实验性文学中的作用往往被提及。我不知道应该如何考量这种文学,也并不确信这一定义是否合适。但是确定的是,杂志在传播非纯商业性话语中的作用是极大的。没有文学杂志,我们永远无法进入超现实主义梦境,更无法看到詹姆斯·乔伊斯或塞缪尔·贝克特的无逻辑的离题,以及雅克·普莱维尔的清单式的诗歌。文学分析与对语言当下性的了解能让我们更好地理解人类,揭示人的性格中隐秘的那一面。在这层意义上,文学并不探索当下,而是探索永恒。文学展现的是我们与历史、与传说以及在某种方式上与自然之间的联系。

在一个被技术专家和应用科学所主宰的现代世界里,文学(和文学杂志)似乎如英国小说家王尔德曾经说过的那样,“是完全无用的”(那是完美的无用)。然而,经验似乎可以证明,事实恰恰相反。就像梦对于心理平衡来说不可或缺一样,艺术,尤其是语言的各类艺术,在社会平衡中的地位也是举足轻重。语言的各类艺术不仅在精神和谐的构建中做出贡献,有时还能消除隐秘的暴力,而且在不同民族人们之间架起一座桥梁,增进文化间的相互理解。回到我最初的那句话:如果说我在战争年代作为孩子遭受了很多苦难,那是因为这种和谐与想象的力量被武器摧毁了。对我来说,在那个时代,阅读、梦想与面包一样稀有。借助艺术,借助书籍,我们可以抱有希望,希望人类可以达到知的状态,没有知,便没有和平。

我坚信文学的未来,在此,祝丽江,祝《大家》杂志与在座的各位大家明天更美好。

(张璐 译　许钧 校)

相遇中国文学

编者的话：2015年10月16日至20日，勒克莱齐奥先生应北京师范大学国际写作中心主任莫言先生邀请，访问北京师范大学，并在北京与作家莫言、余华等会面，共谈文学。

10月19日晚，他作了题为“相遇中国文学”的演讲，演讲由2012年诺贝尔文学奖得主莫言主持。“勒克莱齐奥与中国文学”是一个很有价值的主题。在近一小时的发言中，勒克莱齐奥依照时序，将自己在人生不同阶段邂逅的中国作家与作品娓娓道来，对不同作品的评价、感受穿插于个人经历之间，由此组成了一篇趣味盎然的文学小品。

勒克莱齐奥与中国的关系，似乎有点“缘分天定”的味道。当法国向新中国敞开外交大门、招募老师去中国教授法语时，虽然对这个国家知之甚少，勒克莱齐奥还是立刻就将中国选为目的地。尽管未能如愿，但他在曼谷看过一些古典戏剧，还为法国刊物撰文介绍《白毛女》。如此，便是勒克莱齐奥与中国文化邂逅的开端。

当然，认识中国文学的最好途径还是阅读。在墨西哥，他首先接触了几部中国哲学典籍：孔子、孟子和《道德经》。在他看来，这些学说，比当时法美艺术家为之倾倒的中国的“文化大革命”更具革命性。之后，他又读到了法文版的《红楼梦》《水浒传》——二者虽然风格迥异，却共同将他引入中国文化的核心。至于勒克莱齐奥对近当代中国的了解，则得益于老舍的作品。老舍是勒克莱齐奥钟爱的作家。他从老舍对胡同生活的描写中，看出了现实主义的神韵，又体会到老舍独有的伤逝之感。其风趣的笔调、深刻的心理刻画与挥之不去的忧愁，让勒克莱齐奥确信他是中国当代文学最重要的作家之一。勒克莱齐奥不仅为法文版《四世同堂》作序，还曾前往老舍故居，与老舍夫人见面。

勒克莱齐奥对中国文学的认识还在不断加深。他与莫言一道前往其故乡高密，走访了莫言出生的老屋和写下《红高粱家族》的高粱地。那里的景象虽然显得"极度贫困"，"却同时让人感觉充满希望"。他也欣赏毕飞宇的小说，认为他通过一个个生动自然的人物，展现出了变化中的中国社会。在南京大学任教以来，勒克莱齐奥与更多的中国作者"邂逅"。他惊异于墨子思想的深刻，也赞叹他对暗箱原理的发现。他在诗歌的世界展开探险，与学生一道遍览汉唐诗篇。无论是《怨歌行》，还是杜甫、李白和王维的作品，都给了他不同于法国诗歌的独特感受。

本文可视为勒克莱齐奥对自己有关中国文学的观点的总结。

在谈让我印象深刻的中国作家之前，我想简单说说我与中国的首次邂逅。那是1967年我服兵役的时候——我在军队里接受了短期培训，有资格参加由戴高乐将军发起的民事合作项目。1966年起，我就在准备这个服务项目的相关申请材料。当时，法国在美国之前向新中国敞开外交之门，并招募老师到中国教法语。虽然那时我对中国知之甚少，但这个国度一下子就成了我选定的目的地。现在我依然记得出发参加该项目之前那几个月的情形。那年，尼斯的夏天很热。傍晚，天空一片橙黄，我觉得，这一定就是中国的天空的颜色。我把这当作好兆头。唉，可惜事与愿违。外交事务管理部门继承了所有行政部门的传统，拒绝了我的请求。我没去成中国，却被派往泰国。我自然是非常失望的，不过在曼谷我却有幸结交了一位中国籍学生，他带我了解了不少中国文化，还有中国的文字，又带我看了京剧。我在曼谷看了几出经典剧目以及一部不那么古典的《白毛女》，我还在法国文学刊物上就这部戏写过一篇文章。中国文化吸引着我，当然是因为它不同于我自身的文化，很是新奇，但同时也因为它的象征性特质，与西方的现实主义文化大异其趣。我还爱中国音乐，爱它灵动的节奏，甚至是（对于一个不习惯的听众而言）不那么和谐的音色。我利用在泰国的一年时间学了中国汉字基础。总之，这成为我认识中国文化的一条途径，虽不完美，却令人着迷，让我渴望了解更多。

随后几年（我又被派往世界另一端的墨西哥），我继续寻觅接触中国文化的机会，首先是通过阅读和研究中国哲学典籍，比如孔子、孟子和《道德经》。我在尼斯有个朋友信奉道家学说，我便和他一起学习道家的有关文章，并就内容仔细探讨。那个时期，中国“文化大革命”风头正盛，不少法国和美国的知识分子和艺术家纷纷为这场打倒中国经典文化典范的革命所倾倒。我得说自己并没有追随这股热潮，因为我的看法恰恰相反，我觉得孔子与道家之说才具有真正的革命性。后来，感谢艾田蒲教授的付出，让我读到了中国文学名著的法译本，特别是曹雪芹的《红楼梦》和传奇小说《水浒传》。两者吸引我之处，恰恰在于它们迥然不同。一部体现的是一个理性之人在偏远地域的生活及其对混乱政局的思考。另一部则把我领入世家大族的生活中去，体味他们的恩怨、角力与志趣——而且这本书从女性视角出发，不同于上一部的草莽英雄。但是这两种视角在我看来却有共通之处，它们都让我走进一种文化的内核，让我得以在心驰神往的文化中徜徉。能读到这些文学作品，我觉得曾经那场让我失望至极、未能成行的旅行也变得不再重要。无论如何，阅读都比乘飞机、坐船或坐火车更能助我探索中国思想。当然，那些书里说的不是当代中国。这块空白等到几年后我第一次读到老舍的作品才得以补全，那是保尔·巴迪的译作：法语版的短篇小说选，题为“北京人”。其中不少故事对我都是一种启迪。故事写的是京城里平民百姓的生活，颇有莫泊桑或斯坦贝克短篇小说中的现实主义神韵，但其中弥漫着的伤怀之感却是老舍所独有的。我对《初雪》一文印象深刻，它写的是一个女人受婆婆虐待最终自杀的故事。老舍最有名的小说《骆驼祥子》法译版名为“人力车”（英文为Rickshaw），读过之后，我确信，老舍无愧为中国当代文学最重要的作家之一。之后不久，我受邀撰写同样由保尔·巴迪负责的老舍巨著《四世同堂》的法译版序。风趣幽默与深刻的心理刻画贯穿这部小说的每个段落。老舍被比作狄更斯，年轻时他曾旅居英国，对狄更斯进行过研究。诚然，这两位作家都倾向描绘民众的悲惨生活，也惯于刻画同样的社会典型，揭露富人的自私与权力的腐败。但老舍又在其中加入了一种天生的讽刺感，全由他对胡同生活的细致观察而来。他笔下的小崔，还有那个脸蛋发红、身材圆胖、外号“大赤包”的丑妇，就像狄更斯笔下的斯克鲁奇，给读者留下难以忘却的印象。而老舍不同于欧洲作家之处，则在于他与记忆的关系。这位出身满族的作家心头总有一股挥之不去的忧伤，与他对个人际遇的记忆以及他们一家在政治清洗中的境遇紧密相连。他和世界文学的几位代表作家一样（普鲁斯特、乔伊斯、福克纳）怀抱忧愁，那是面对某个写作之时已不复存在的世界的忧愁。这种情感，我敢说，我也是了解的，因为我也属于一个正在消失的族群，法国裔毛里求斯人，他们在很长一段时间里，有过骄傲，称雄一方，现在却被现代性的浪潮吞没了。我对老舍的兴趣很快促成了我与他夫人的会面。老舍1966年去世（官方死因是自杀，但也可能是被红卫兵虐待至死，他们同时还毁掉了老舍的大部分藏书）。丈夫死后，老舍夫人艰难地活了下来。去看老舍故居，一直走到发现他尸体的湖边，这让我的心受到了深深的触动。我想起作家1966年答美国记者盖尔达问时所说的有关“文革”的最后一段话，不尽忧伤却又无比睿智："我不能写这场斗争，"他说，"因为我无法再像学生那样感受和思考（……）我们这些人，都是过去的人了，我们无法为我们现在是谁而请求宽恕。我们所能做的，只有说明是什么造就了我们，并鼓励青年人找到他们自己通向未来的道路。"

我觉得，这段临终之言混杂着绝望与希望，是那一代作家的共同特征。

我与中国文学的相遇还在继续，年复一年不断加深，特别是从我在南京大学开课起，这还得感谢我忠实的译者兼好友许钧先生。住在江苏的日子让我深受启发，因为我能直接接触到这片孕育了数个一流作家的土地，比如《西游记》的作者吴承恩、《红楼梦》的作者曹雪芹，还有《大地》的作者赛珍珠——她是我在南京相隔八十年光阴的近邻。可最打动我的，莫过于去年和莫言先生一道去他儿时及至青年时期居住的地方高密。我看到了给莫言灵感写下《红高粱家族》的高粱地，还参观了高密县为作家莫言设立的文学馆。但这趟旅途中最动人的时刻，还是到高密乡村去看莫言出生的老屋。陋室还是30年前莫言夫妇离开时的样子，这让我得以想见那个年代这家人经历的苦难，那时莫言往返于军队和老屋，在此写下了他的早期作品。小屋以土为地，窄窄的砖墙裸着，没有墙漆，它给人极度贫困的感觉，却同时让人感觉充满希望，因为正是在这种环境下，才能看出夫妇二人如何凭意志创造出全新生活、激发出文学才情。莫言小说中的每一个字因此而变得更加真实，更加有力，因为无论《红高粱家族》还是《檀香刑》，都在这片景象中生根，都扎根于这座逼仄的老屋中。在这份中国文学清单的最后，我必须提提一位新生代小说家毕飞宇先生，我们在南京有数面之缘，我很欣赏他的作品。从《三姐妹》(《玉米》《玉秀》《玉秧》)到《平原》，毕飞宇展现了变化中的中国社会，并通过对苦难年代的讽刺，塑造出一个个活灵活现、自然逼真的人物，这与关于中国现实的种种成见大相径庭。我还喜欢听他讲童年经历，说他对写作的发现，他说那时自己非常痴迷文字，总把一个个汉字画在农村的田间地头——这让我也想起战后自己在法国感受过的写作的渴望，那时我只有一本用过的旧定量购货证和一段木匠用的铅笔头，而我正是用这截铅笔头在那本购货证的旧页上写下了最初的文字。

在演讲结束之前，我还得说说我在南京大学开课时发现和了解到的作者。其中最令我惊喜的，莫过于读到思想家墨子作品的英译片段。接触过道家与儒家思想后，我一度认为自己已经掌握了中国古代传统思想的大致脉络。可我发现墨子的思想极为深刻，并在人类智慧的长河中占有重要地位。墨子比孔子、孟子更接近自然，接近人民，他讽喻朝政的文章《非乐》至今依然有着惊人的现实意义，但墨子不仅是道德家，他还是发明家，他造出的暗箱正是2 500年后照相术与相机发明的基础。他注意到水中寺庙的倒影穿过小孔在暗室中成像，由此首次归纳出了光的折射原理。这项发现随后传到阿拉伯世界和希腊，并最终抵达欧洲意大利，催生出最伟大的写实主义名作，特别是莱昂纳多·达芬奇和卡纳莱托的作品——当今世界，用这一原理获取的图像随处可见，这真还要归功于墨子公元前四五百年时的首次发现。

今年，我想和南京大学的学生一起完成一本中国诗选的阅读，它将带领我们从汉朝最早的诗歌创作之一，相传为班婕妤所作、寄情于团扇的《怨歌行》出发，走过唐诗，阅读杜甫、李白和王维，最终触及当代诗歌。中国诗歌给予了我独一无二的感受，因为其思维与表达方式和法国诗歌截然不同。中国诗人，无论古今，大都工于起兴比喻、营造意境，而非铺陈与描写。看起来这更像一场凭借想象展开的诗性冒险，每一首诗都任由读者进行不同解读。这一点上，中国文学极富创造性，可为世界人民所共享，然而翻译是艰难的，我也希望高校研究能够不断精进翻译之艺术。我对这场与诗歌的际会期待良多，因为诗歌在中国是最受青睐的文学表达样式，它超越时间与空间，让人得以在内心与中国之魂相遇。

谢谢大家。

（施雪莹 译　许钧 校）

文学与全球化

编者的话：2015年10月26日，勒克莱齐奥应邀参加北京大学首届博雅人文论坛。论坛由北京大学人文社会科学研究院、北京大学中国语言文学系和腾讯文化联合主办，主题为“共享的世纪：中外文学与人文学的沟通”。与会者包括法国驻中国使馆公使白良、北京大学副校长刘伟及国内二十多名知名作家、学者、翻译家等。论坛现场由此成为文化、文学交流的平台，让东西方的不同观点彼此碰撞激荡、相互启发。

关于中国文学在世界文学中的地位，勒克莱齐奥显得非常坚定。“中国文学自诞生至今，早已树起一座宏伟壮丽的丰碑，是全人类的一份宝贵财富。”中国文学的影响无可置疑，为此，博闻强识的勒克莱齐奥给出了许多例证——儒道思想的传播、绘画技法的发明、民间故事的流传……他在演讲中向我们描绘出一条由中国途经阿拉伯世界抵达欧洲的文化之路，其中不同文学之间相互影响、传播的可能性，给我们留下了巨大的想象空间。

然而直到近代，中国文学作品才真正被译介到西方，西方世界也第一次直观地“发现”了中国文学。这一切应归功于翻译家的努力。这些翻译虽然并非完美，却促进了中国文学在西方的接受——这对西方世界来说，无疑具有“颠覆价值观的意义”。

勒克莱齐奥进而指出，这种滞后本身反映出一个重要问题，即长久以来，“全球化不过是西方征服者殖民世界的新形式”。少数文明垄断了文学与文化，将自身的审美与生活方式强加于他人，这对世界文化的发展是无益的。未来的中国文学必将褪去陌生与惊奇的异国情调，展现出不同于以往的面貌。中国文学重归世界文学之舞台，必能促进不同文化的交流与交往，进一步维护世界和平。

世界文学协奏中的中国文学的地位，是本次论坛的主题。在思考这个问题之前，我很天真，觉得诧异：怎么问题会这么提出？因为事实上，中国文学自诞生至今，早已树起一座宏伟壮丽的丰碑，是全人类的一份宝贵财富。我不愿说这份宝贵的财富是非物质的，因为中国文学的文化影响切实可见，其文化力量切实可感，对如此显而易见的财富，用“非物质”的概念，是不恰当的。

确实，西方（取其约定俗成和最简单的含义）在很长时间里一直忽视这座丰碑。虽然西方忽视它，可中国文学的影响却是存在的，而且一直都在场。以中国古代儒、道两家形成的独特思想为例。这一思想，通过诗歌，有时也通过小说，见闻于整个东方，从印度到波斯，直至阿拉伯世界。它不是一种统一的思想，这与古伊朗的琐罗亚斯德教或佛教等宗教的传播轨迹不同。它表现为数个影响深远的主题，以丰富多样的形式复现于波斯、阿拉伯世界，又在中世纪通过君士坦丁堡和安达卢西亚等港口传入欧洲。自然、情爱、无可逃脱的死亡，这些主题在中国文学里与绘画性表达（因为中国文学是写，亦是画）紧密相连，与新的发现息息相关：无论是透视法的发明，没影点的发现，还是点彩画法（早在印象派之前，恽寿平的“没骨画”就不再以黑色线条勾勒色块）。读过唐诗，就会为这种文学的“现代性”“印象主义”与象征性特质而震惊。中国诗随着文化自然迁徙进入西方思想，深刻改变了西方文学的走向。彼特拉克时代，意大利抒情诗的创新很大程度上受到奥克语吟游诗人的启发，而在此之前，还得益于莪默·伽亚谟（一译奥马尔·海亚姆）的波斯语诗篇（有必要提醒一句，该诗人于1048年出生于今伊朗境内的内沙布尔市）。或许，断言波斯诗与（同时代的）宋诗宋词，或与更早的佳作迭出的唐代诗歌（杜甫、李白、王维，那是大诗人辈出的时代）有直接的联系，显得过于大胆。但（由丝绸贸易带来的）东风西进的可能与数种乐器的西传都为这一迷人猜想留下了空间。此外还不应忘记民间故事的流传，某些故事显然源于中国，比如灰姑娘与水晶鞋的故事，或者我们从伊索那儿读到的一些寓言，或者亚瑟王圆桌骑士传奇中有关凤鸟与龙的传说。

中国文学长期不为欧洲所知，直到近代，鲁日满、雷慕莎等人才开始译介中国文学。在19和20世纪，西方文人对中国文学这座丰碑的“发现”，是一个重大的事件，具有颠覆价值观的意义。中国，这个素以商业繁荣、军事强大、社会体系组织复杂著称的国度，现在被看作世界文化的发源地之一，这归功于对孔、孟等思想家的翻译，还归功于一本书，相传拿破仑·波拿巴和俾斯麦都对这本书很熟悉，那便是《孙子兵法》。

对中国古代诗人及曹雪芹、吴承恩等著名小说家作品的翻译让中国文学得以跻身世界文学之林。中文作品被译成欧洲语言的时间较晚(其译介是在法语、英语作品在19世纪末译成中文之后),通常还带有异国情调。但正是这些译作促使中国文学得到认可。是这些译作启发了众多法国诗人、文人,包括维克多·谢阁兰和保罗·克洛岱尔。

对汉语的研习,对已出版的中国文学重要作品的阅读与注解,不仅让上文提到的这座文学丰碑为人所知,更使之成为人类历史的关键标志。放眼我们所处的全新时代,文化交往与交流已成为维护和平至关重要的手段,而中国文学承担的便是这一角色。

在我看来,这段历史的重要之处就在于此。在很长一段时间里,全球化不过是西方征服者(欧洲、美国以及某种程度上明治维新后极端西化的日本)殖民世界的新形式。殖民帝国主义、后殖民主义以及20世纪

30年代民族主义四处散布的种族主义与种族中心论，致使世界被少数语言和文化所统治。文明，与文学一道，成了少数几个国家的事，这些国家不遗余力地将自身的生活方式与审美准则强加于被统治的国家。如今再争论这段历史是正面还是负面的，已无多大意义（只需看一看争夺世界霸权的战争在中国、欧洲造成多少死亡，就该明白那个时代的灾难性是难以否认的）。我们应当超越这段模糊的历史遗留本身，要为后世从中汲取积极而富有希望的成分。中国文学重归世界文学协奏之舞台，对理解各个时代、各个地区的人至关重要。对中国文学的认可，不仅意味着认可已往的中国文学史，也意味着承认在新一代作家与诗人的努力下，中国文学在未来将发挥的作用[①]。这种全新的文学或许会展现

① 南京大学的高方女士就法语世界对中国文学的阐释做了一篇非常出色的博士论文，并于2015年在法国加尼埃出版社出版。——勒克莱齐奥原注

出与往昔不尽相同的面貌，在当代读者眼中，中国也将褪去陌生与怪奇的面目——光鲜的异国情调。老舍、鲁迅等小说家在狄更斯和萨克雷的影响下开创了现代的中国现实主义。莫言则用全部作品诠释了一种抒情现实主义，与拉丁美洲伟大小说家胡安·鲁尔福、加西亚·马尔克斯的魔幻现实主义交相呼应。这一次，将会由他们去启迪世界其他地区的作家了。中国文学就这样加入不同思想与艺术流派的运动中，而任何一股思潮都绝非国境线所能限制。我坚信，正是在激荡中，在砥砺中，文化才能更好地促进相互理解，促进世界和平。

（施雪莹 译　许钧 校）

想象与记忆

编者的话：2015年11月8日至11月21日，勒克莱齐奥应邀赴武汉参加由湖北省作家协会、湖北省图书馆、华中科技大学中国当代写作研究中心、武汉大学外语学院和法国驻武汉总领事馆共同举办的“二零一五秋讲+法国文学周”活动。“秋讲”期间，勒克莱齐奥作为驻校作家，与我共同进驻华中科技大学，参加为期两周的演讲、研讨与交流活动。

《想象与记忆》一文便是勒克莱齐奥在华中科技大学驻校期间发表的演讲。演讲在华中科技大学管理学院报告厅举行，主要面对的是在校师生。或许正因如此，他绕开了抽象的概念，由一部电影开题，将自己关于伤逝、童年、阅读与旅行的种种感悟娓娓道来，寓哲思于平凡，语言细腻而富于诗意，使这篇真诚而不失深刻的演讲显得格外感人，赢得全场经久不息的掌声。

写作是属于当下的。它以记忆为素材，却不囿于事实本身，反而经由想象加工，创造出一个只属于作家本人的世界。勒克莱齐奥曾将创作的30%归于回忆、30%归于想象，现在，回忆的比重更是大大增加。因为随着年岁增长，他得以通过书写记忆，愈发深入地走进自我的内心世界，逐渐挖掘出深藏在内心的作品。

无论如何，想象与记忆共同构成了文学创作中两个至关重要的因素。勒克莱齐奥以自己的经历为例，证明两者对于写作而言本就密不可分。浸润他童年的不仅有关于旅行的真实回忆，还有通过家庭故事与阅读获得的关于旅行的想象。旅行的回忆与想象的旅行，二者自勒克莱齐奥的第一本作品开始便彼此交织——尽管这本他七岁时写出的《漫长的路途》，还远不是一次成熟的创作。

基于某种语言的文本世界不同于现实世界，作者时刻捕捉着记忆背后个体的、不同于现实的生命体验，并通过文本把它表达出来。由此，文学创作才得以构建出一个与现实中的此刻并行的、想象中的现在，使之成为作者栖居的完美之所。

值得一提的是，勒克莱齐奥在这篇旁征博引、涉猎甚广的文章中，引用了李白的《山中问答》与陆机的《文赋》，并对这两种作品进行了颇具有想象力的个性化解读。这大概也是一次想象与阅读记忆的结合，共同创造出了独属于作者的全新空间。

吉姆·贾木许的电影《破碎之花》中，比尔·默里饰演的主人公踏上旅途去追寻往昔，或更确切地说，去寻找曾经出现在他生命里的女人。他想了解她们如今到底怎么样了，还想找到他觉得和其中一个女子生下的儿子。后来，主人公在寻找过程中偶然遇到一个年轻人，那是一个流浪者，他一心认定这就是他走失的孩子。年轻人问他：“你能不能给我一句助我生活的忠告？”比尔·默里想了想，说：“过去的都过去了，没什么意义。未来还未到来，你也无能为力。只有现在，是唯一的真实。”

或许他是对的。可我是个作家，而作家难免不近情理，感怀伤逝，向来如此，没什么道理可讲。这份伤怀之情到底是什么，我也说不上来。我想，这种感怀恐怕就是不清不楚的，甚至压根儿就不诚实。中文把这种哀愁叫作悲秋之怀，而韩语的翻译更具诗意：逝水余香。无论哪一种，都是说这份感怀是茫然的，起伏不定又变幻无常，如流水，似秋叶，甚至一不小心，就会把人囚在没有出口的屋子里。就此而言，它和自我陶醉之情倒并无二致（或许两者本就相差不远）。老实说，作家是不该写回忆录的（这是洛特雷阿蒙在《诗集》中的箴言：

我不会去书写回忆）。他或她所写的，本就与记忆再无多少瓜葛。写下的文字与催生文字的情感相隔千里，距离之远，早就让原初的真实荡然无存，或消失殆尽。从记忆中掘出的一切都面目全非，而且幸好如此，因为写作首先是属于当下的行为。普鲁斯特为度过青年时光的小布尔乔亚世界记事时，早已置身其外：他的作品绝不是记忆的练习，而是一种再创造，展现的是布满神经的存在之肌肤。至于老舍，这位历经清朝统治、胡同里的中国的叙述者，则在《四世同堂》中让一个逝去的世界依稀的景与情又在今日浮现，哪怕这个世界同盖尔芒特家的世界一般微小，无足轻重，且这一世界只因作者的存在而存在。

自打提笔写作开始，是什么滋养了我的创作？回想起来，我发现相较于“幻想”，回忆的比重日增——比起想象，我更愿意说幻想，因为幻想带着幻觉的意味，也可以说有一种妄念。

我还记得二十来岁的时候，曾经在一份文学问卷上如此作答：写作，30%是个人回忆，30%是文学追忆，10%是纯粹的剽窃，30%是想象。今天，如果要重做总结，我会说想象的比重已经大大降低，或许只占1%到2%左右，余下则通通是追忆与记忆。为何如此？年岁增长自然是其中一个原因。就此而言，人就好比树木，衰老是从内心里开始的，最年轻的——哪怕皱皱巴巴——也始终是最外层的树皮。为了说明这个比喻，我还要说，一如树的汁液，人的生命也在最年轻的部分流动，流淌于外，在肌肤之下，而文学和艺术创作所体现的正是这种流动的生命——而不是深埋在粗糙发硬的树芯里的硬块和结晶。

是什么让回忆变得如此重要？与贾木许电影的主人公不同，我不会说过去毫无意义。但是我刚才所说的衰老终归不过是表面现象。其实，每一度春秋都会为生命揭去一层面纱，让曾为青葱岁月所掩盖的作品愈发明晰。我相信，无论普鲁斯特，还是老舍，都是在拥有他们内心深处孕育的作品后才真正开始存在，并通过写作，一点一点展现出自己的所得。倒不是说他们真的渐渐回想起了什么，而是写作帮助他们越发深入地探索自己内心的国度，又通过文字把它展现出来。

这或许是作家写作的诸多悖论之一。作家用一种语言遣词造句时，便已默认这种语言带来的全部规约，也就是说，是对规约的各种观念、形象与感知的共享。哪个作家不曾有过这种感觉？词语相互呼唤，魅惑着你，文字时而引你陷入不可抗拒的沉迷，时而又让你臣服于危险重重的诱惑。当然还有准确表达出似乎难以描摹之物时生出的狂喜。

读到陆机（261—303）的《文赋》，我发现他的解释很合我意。

伫中区以玄览，颐情志于典坟。

(……)

然后选义按部，考辞就班。抱景者咸叩，怀响者毕弹。或因枝以振叶，或沿波而讨源。或本隐以之显，或求易而得难。

写小说，写诗，首先必须认清土壤与结构。或许这就是为什么成年后才是写作的好时机，因为这项工作本就要求克制与谦卑。本文开头所提到的想象，也逐渐转变为一种多少有意而为的构建，语言为我们提供了一切素材，这便是作家所获得的遗产，无论债务或厚利，都得照单全收。

我所说的这些，我想用自己的经历作例证。

很幸运，我出生在一个家庭，既可以在阅读中接受熏陶，又可以在迁徙中形成了复杂的过往。我还是个孩子时，就了解到大海对这个家庭有多重要，首先因为我们祖籍在布列塔尼，其次还因为家里有过移居印度洋一个海岛的历史。我在地中海岸边长大，住在尼斯，临近海港。如今我依然记得在码头上探险的童年时光，当时，岸边停泊着许许多多来自各地的航船，有来自土耳其的、北非的，有时还有来自亚洲的。它们卸货的景象，连同货物的气味一道，深深印在我的脑海中。阿尔及利亚运来的一包包软木颜色血红，起重机吊起鱼，有时也吊起牲口，吊绳就拴在牲口的犄角上。我和哥哥在成堆的货物间玩闹，有几次，还想方设法潜上了船的甲板，好去更真切地感受远行的召唤。我记忆中的这一切，现在都不在了，因为尼斯已经彻底成为娱乐休闲港，卸下的，只剩下穿花衬衫、戴太阳镜的游客……

旅行的另一种想象，源自我的家族故事，尤其与那位在大革命时期从军的祖先有关：恐怖统治的时候，布列塔尼饿殍遍野，他被迫带着妻儿远走他乡。毛里求斯岛就此成为某种秘境，一个具有生成力量的小岛，而我们家的全部历史的根系都深植于此。我在来自这座岛的记忆之物中长大——我的父母都是在这座岛上出生的，有书，有地图，有各色的贝壳，还有一直伴随着我家逃难的那些小玩意。正因如此，我的记忆便在真实与传说的混杂中形成，这里面，还有从祖父和母亲口中听来的故事的功劳。让回忆持续发酵的，还有我曾祖父留下的藏书，他从前是毛里求斯岛最高法院的法官。他收藏了一系列游记，大部分写于18和19世纪，作者都是探险家，诸如布干维尔、罗雄、达普莱·德·曼纳维耶特等等。藏书中还有马可·波罗的《奇闻录》（即《马可·波罗游记》）以及《名胜彩图库》之类的旅游杂志。我还能读到约瑟夫·康拉德、皮埃尔·洛蒂、拉迪亚德·吉卜林或瑞德·哈格德这些作家的作品。上述这些书，同塞万提斯或巴尔扎克的经典文学作品极不协调地混在一块儿，让我萌生了在文字中远行的愿望。不过对我影响最大的，还是一套百科全书式的辞书，叫《会话宝典》，共17卷，1856年出版，条目都出自文学大家之手，包括维克多·雨果、夏尔·诺迪埃和埃利泽·勒可律。正是这些书培养了我借由文字旅行的爱好，而我也无法把它们与空间中的旅行分割开来。

回想这段启蒙岁月，我发觉在我的生命里，从一开始，文本与人生的经历就已经相遇，也就是说，在我的生命里，既有真实的历险，也有想象赋予我的历险。因此，对我而言，要想把这两部分分个清楚，实在是很困难。一切是这么发生的：1947年，我七岁，就跟母亲踏上了漫长的旅途，船带着我去中非，想要去见因战争而分离的父亲。我随身带了一本练习簿，在船舱里，我就在这个本子上，歪歪扭扭地，用大写字母写下了我的第一个故事——名字就叫《漫长的路途》。旅途确实漫长——或许是我这辈子唯一一次，因为当时我以为自己再也回不去了，我和留在法国的祖母道别时是撕心裂肺的。我以为自己再也见不到她了。总之，我写下这篇小说，它有关一场旅行，开始的人是我，但我不知它会将我带往何处，况且这场旅途和现实的关系少得可怜。现实，是缓慢的，是闷热的，是河水激荡汇入的浑浊的海面，是死气沉沉的殖民地港口里短暂的停留。可我的作品却是和当时的情况脱节的，它在讲一次又一次的探险，有野兽遍布的丛林，有狂风暴雨，还有海中巨怪。

就这样，从第一部作品开始，我似乎就一直在这种错位中写作，或先于现实，或迟于现实。就像怀着未来的回忆在写。我觉得，这正是我在文学中所追寻的——无论是我自己的还是我读过的作品——那是文字带来的，不可预见，属于梦，属于幻觉的部分。对现实的严谨叙述让我厌烦，我也不相信现实主义的所谓功德——不管是社会意义还是进步意义上的现实主义。我在书页间守候着逃逸而出的一切，它们或一跃向前，或躲闪一边。我觉得，这些正是我们可以称为想象的东西。

我在李白的一首诗中也体会到了此等在别处的

感觉：

问余何意栖碧山，
笑而不答心自闲。
桃花流水窅然去，
别有天地非人间。

所谓想象，便是生于现实与回忆的这方天地，它从感觉和真实中、从模糊的记忆与直觉的预感里获得滋养。我在写作中所触及的正是这片天地，一如诗歌艺术大师李白1 200年前所言。如果相比于六十多年以前刚开始写作的时候，这一点如今在我眼中变得更加亲切、更加明晰，那是因为诉诸笔端的生活会使感觉变得越发细腻，也让这“另一个”的天地，这一非人间的天地，愈发清晰地显现出来。自然和自然之元素越发重要。语言更好地表达出隐匿在现实生活认知背后那神秘的部分。重大事件的历史因而变得更加私人化，不是因为自我已经膨胀到入侵万物的程度，而是因为作者自觉有如生命之流中的碎片，虽随波逐流，但也奋然跃动，宛如山中触动李白心弦的桃花落红。

让我们回到演讲开头提到的场景中去。也许，归根结底，贾木许电影（《破碎之花》）中比尔·默里的感言也不无道理：过去，溜走了，埋葬了，无可挽回，这并非作者创作的动机。未来始终是个恼人的谜，谁也不知道谜底。剩下的唯有当下，但并非日常生活中的此刻，而是作者全凭自己意愿，想象、雕琢、重塑的瞬间。普鲁斯特在《追忆似水年华》开篇描绘过一个非常有冲击力的画面，表现出的是作家的境况——普鲁斯特将作家比作沉睡的人，世界在他的头顶上方缓缓转动。梦着此般往昔，梦着此般未来，作家就这样创造出另一种形式的现在，所有历史线索，所有思绪，所有回忆都在此交汇。以这种彼此交叠的亲密方式，如同孕育生命一般，作者——小说家、诗人、剧作家——才能提取只属于他自己的全新的元素。它是一块棱镜，让作者得以理解现实，改变现实，赋予它节奏与和谐。就这样，写作的历程将作家带往未知的所在，他或她此前对此毫无概念，可这天地一开，便会给予它最完满的真实。

如此便称为创作。

（施雪莹 译　许钧 校）

文学与人生

编者的话：2015年11月，湖北省图书馆“长江讲坛”迎来了国际文学活动“法国文学周”。文学周由湖北省作家协会与湖北省图书馆主办，由华中科技大学中国当代写作研究中心、武汉大学外语学院、法国驻武汉总领事馆协办。应邀前来的包括勒克莱齐奥、玛丽·尼米埃、安尼·居里安、曼努埃尔·卡尔卡松等法国作家、评论家、出版界人士，张炜、韩少功、毕飞宇等中国作家，以及从事法语文学研究的学者与翻译家。在为期一周的活动期间，他们参与不同形式的交流活动，就不同主题发表自己的见解。

11月14日，开幕式结束后，勒克莱齐奥在湖北省图书馆作了题为“文学与人生”的演讲。这个主题，对写作数十载的勒克莱齐奥显然有所触动，但他感叹的却不是自己曾经走过的道路——文学对他而言更像铺向未来的无尽长路。勒克莱齐奥借王尔德的话，不无幽默地表达出自己面对文学、面对人生的年轻、积极的心态。

就个体而言，文学与个人经历之间有着无限可能；从广义来看，文学与人生的关系就更为复杂多变。文学给人以希望与斗争的力量，但这并不是通过树立模范、提供解惑良方实现的。文学作品鲜少塑造值得效仿的榜样，却展现出丰富的人性——往往正是这些不合逻辑的人性，最能让人产生共鸣并获得前行的力量。

文学固然植根于生活，却又始终保有原创性与自主性。因为文学会将生活中的记忆与想象糅合在一起，创造出另一个不同于现实的当下。其目的与其说是追忆过去，不如说是充实当下，是为人的生命增加厚度，让其展现出多面性。

文学影响着时代。曾经,古典文学拉近了我们与英雄、神话、传说人物的距离。现代文学则在堂吉诃德的带领下将目光转向普通人,试图还生活以原貌,不断挖掘时代的真实。反对谎言,追求真实——文学对于社会的这份贡献,也是至关重要的。对一个作家而言,言语与记忆本就彼此交叠。文学作品会化作记忆的一部分,而生活经历则成为创作的不竭源泉,帮助作者还原出生命中最富生机、最真实的部分。文学的力量正在于它让人以个人名义表达内心的真理。文学从个体的充实与满足出发,创造出分享的可能,最终让每一个读者都感到自己与人类大家庭紧密相连。

这是一篇内容极其丰富的抒情散文。勒克莱齐奥不满足于抽象地讨论文学与人生的关系,他通过对一部部作品、一位位作家、一个个人物的分析,揭示出文学与人生的不同侧面。诉诸理性,更诉诸情感。故而阅读过程中,除了理解他的观点,不妨也试着感受他的情感。或许唯有如此，才能更好体味出文学与人生之间微妙而动人的联系。

“文学与人生”，为武汉盛会准备的这次演讲的主题很美，是我南京大学的同事、我的译者与好友许钧先生向我提议的。我行将步入人生的第76个年头，这个主题对我而言，具有特殊的意义，因为到了这个年纪，人会本能地感到人生终点已近。倒不是说这种感觉让我格外忧伤，我也并非感怀青春时光。事实上，与此相当矛盾的是，尽管时光逝去，尽管我渐渐积累下许多文字，我依然对文学充满信心，因为在我看来，文学似乎更像一扇敞开的大门，而不是一种成就；它是无尽的长路而非已经走过的道路。精于讽刺之道的英国作家奥斯卡·王尔德——即《瑞丁监狱之歌》的作者——常被人问起精神不老的原因，王尔德告诉同代人：要想永葆青春，非常简单，只需不断重犯相同的错误便好了。

从某种程度上说,文学是不确定与无知的体现。回顾世界文学的历史便会发现,文学不是任何痛苦的解药,也从未能为我们抵挡生存的威胁。可每当感到需要的时候,文学却又总能成为有力的杠杆,给人力量去为正义而斗争,给人希望去争取更加美好的生活。虽然不乏矛盾,虽然并不完美,文学却恰恰以其表现出的人性让我们坚定信念,为我们指出未来的道路。我们今天读来依然感人的文字,哪怕是为别的时代别的地方所写的,召唤的是我们心中最不符合逻辑、最不实际的那一部分。那些伟大小说与史诗中的主角,从来不是模范榜样。奥德修斯,古希腊故事中的主人公,是个骗子,必要时既残忍又狡猾,仅仅为了周游世界,便弃家庭安宁于不顾,让妻子饱受磨难。特里斯坦,凯尔特史诗的主人公,则是个诱惑者,毫不犹豫地违背教会誓言,听凭自己沉迷于魔药之力,一心只为把伊索尔德从她的合法丈夫——爱尔兰的马克国王——手中抢到手。亚瑟王传奇中受拥戴的骑士兰斯洛特也好不到哪儿去。他深夜潜入桂妮薇儿的闺房，犯下双重背叛，既成了奸夫又辜负了国王的信任。就算最终他选择抛弃曾经引诱的女人，主要还是为了心安，而非对道德的敬爱。即使是最富教化意义的小说——在法国文学中当属17世纪拉法耶特夫人所写的著名的《克莱芙王妃》——其教训本身也不乏模糊之处：克莱芙王妃放弃爱情，并非仅仅出于宗教信仰，而是因为法国16世纪的贵族阶层中，一个女人为了保住地位，就必须牺牲幸福以维持身份。这不是为了永恒下的赌注，而是为所在阶层特权付出的代价。相反，曹雪芹的作品是一部摧毁制度的小说，他选择展现出那个特定社会阶级所有的激情与禁忌，而这一阶级对普罗大众而言如此陌生，不啻于外星生物。从上述这些实例中不难看出，从古典文学开始，文学就始终处于官方道德的边缘地带，甚至公然与之抗衡。而我们的年轻读者，要想从不宜推崇的作品中，比如陀思妥耶夫斯基、福楼拜、萨克雷或是柯莱特女士的小说里寻觅行为榜样加以效仿，恐怕更是徒劳，甚至可笑。颠覆民族英雄，展现时代之卑劣，甚至已经成为当代文学的特色：妄想从萨特《恶心》的主人公罗冈丹，或是加缪《局外人》中的种族主义杀人犯默尔索身上找寻榜样，怕是白费工夫。贝克特、大江健三郎、菲利普·罗斯、莫言都塑造过经典的流氓、恶棍形象，堪与世上最伟大的小说——塞万提斯的《堂吉诃德》中的人物比肩，而《堂吉诃德》正是世界文学的典范。

早些年，法国某周刊公布了一份调查，重拾超现实主义者的著名提问：你为何写作？——许多作家都曾就此问题给出过机智甚至妙趣横生的答案。有人或许记住了爱尔兰人塞缪尔·贝克特很干脆的回答："只能干这。"而我则偏爱《寒夜》的作者，中国小说家巴金的答案："因为美丽的人生太短暂。"的确，无论作者写作的目的如何——无论是小说家、诗人还是剧作家——都怀抱这份遗憾，一种深感时光流逝的无声的痛苦。我们所说的，并非怀旧之情。文学与这种基于模糊记忆与沉思之上的哀伤之情毫不相关。即使看似与之最为亲近的作家，实际上都相距甚远。普鲁斯特、老舍甚至勃朗特姐妹都不曾为这种怀旧之苦所扰：他们所写的从来与旧时的记忆无关，哪怕是最广泛意义而言的记忆。他们所写的，无论看上去如何，总是关乎现在，关乎他们自己的当下，这正是再创造的可贵之处，仿佛将记忆、文学化的回想与对未来的憧憬揉成一团；或许，这一团混杂的情感其实正是活在当下的感觉。“美丽的人生太短暂。”工作，写作的幸福，统统与同一种需求相连，那就是不断充实人生，并非为了延长寿命，而是为了让生命更加富有实感，使之解脱于虚无。

为生活而写作：所有作品都植根于生活之中。它们所揭示的总与深刻的、内心的存在，与不断变化的存在紧密相连。美国最伟大的女作家之一，弗兰纳里·奥康纳也曾肯定过写作与她的人生的联系。她不是说过嘛，我们所感觉、所理解的一切均源于人生的同一阶段，即从六七岁意识觉醒到15岁左右进入成人阶段。一切的一切：包括世界的美、对他人的爱、分享之情，当然也有仇恨、不公、难以启齿的欲望与犯罪冲动。弗兰纳里·奥康纳以她短暂的人生经历孕育出复杂多样而富于想象、充满激情与震颤的作品。她很小时便患上不治之症，困在病榻，可以说她对生活的全部认识，只是她作品中对生活的种种想象，这实在不凡。当然，弗兰纳里·奥康纳的经历是个极端的特例。大部分人在决定开始写作时已经有了对生活中种种事物的直接认识。有些人的经历惊险曲折，比如约瑟夫·康拉德或是《西游记》的作者吴承恩。其他人则有双重身份：法国文艺复兴时期的伟大女诗人之一，克里斯汀·德·毕赞和她父亲一样，曾从事占星学与药学工作。《七日谈》的作者玛格丽特·德·那瓦尔在成为小说家之前，是那瓦尔王后。最惊人的例子当属《青苗》和《姬姬》的作者柯莱特，投身文学创作之前，她曾是巴黎帕特克朗音乐厅的脱衣舞女。但举这些例子，丝毫不损害文学深刻的原创性，它独立于生活而存在。文学与生活相连，时而垂直相交，但始终保有自主性，从某种程度而言，它属于另一种生活、另一个虚拟世界。

但是生存与文学的联系又切实存在着——不然，又如何理解书籍对我们产生的巨大影响？文学陪伴人类一路走来，伴随着人类的每一次历险与发现。没有史诗的叙述，各国人民的伟大征服、他们为生存进行的斗争、他们从历史中感受到的骄傲之情，又该到何处去寻？没有这些叙述，历史本身也将空无一物，尽管叙述本身有时真伪难辨，常有夸张，但总是激动人心。它的原料并非记忆，而是咒语，是由话语中的每一个词、每一个意象、每一个节奏唤起的某种集体性的迷醉。莎士比亚将伟大历史人物搬上舞台，科里奥兰纳斯、尤利乌斯·恺撒、麦克白或是年轻的丹麦国王哈姆雷特，他讲述他们的爱情、他们的背叛，有时还有他们的败落，但他诉说的对象是全体英国人民，又由他们传递给世界人民，他们也可能是暴君的臣民，是不可料想的历史的玩具。是生活拉近了普通人与传说中人物的距离，让这些人物变得亲切、可以理解。但现代社会不再是史诗或悲剧的时代。文学不再是传说的回音，那些或满是恐惧或带着敬意的模糊传说几近神话。现代社会是反英雄的时代，现代社会属于那些和我们一样的无足轻重之人，属于那些和我们相像的既滑稽又卑微的面孔。文学在创造一个个全新的尤利西斯，一个个全新的罗兰，一个个全新的西比尔和安德洛马克。这些人物与原型真的相去甚远么？他们会耍花招、会撒谎，他们会引诱会得胜，也会失败会倒地。他们会惹我们发笑，但也正因如此，会使我们感动。

我还记得第一次阅读现代小说的经历。少年时期，我在社区图书馆随意阅读，借来的小说也全然不知作者是谁。其中有一本短篇作品，由挪威语翻译而来，作者我不认识，名叫约翰·博耶尔，小说的名字是《变色龙》。故事讲的是一个普通人的不幸遭遇，他因性格弱点和逆境所困，被迫自我变形，以便更好地和周遭环境融为一体。从那一刻起，我走出了童年世界，不再偏爱小说中伟大的探险家或是大胆无畏而野心勃勃的女人，他们就像大仲马、司汤达或巴尔扎克笔下的那些人物，时刻准备着征服世界。博耶尔的《变色龙》让我第一次认识到生活的本来面目，其实它是平庸的，常常是无聊的，其中满是乏味的日常琐事——但正是这种完美的平庸非同寻常。我想没有哪本书带给过我同样的震撼，从萨特到贝克特，金斯利·艾米斯或是马拉帕蒂，当然还有弗朗兹·卡夫卡。这部书的阅读让我有了与现实主义小说邂逅的准备。

因为，或许，打破宫廷文学和精英文学的谎言，正是我们这一时代的主要成就之一。在这场斗争中,最伟大的文学英雄当属堂吉诃德,神情忧郁的骑士。他来自另一个时代,把风车当巨人,在忠实的桑丘·潘沙的陪伴下,启程去大战风车。他是我们最爱的英雄,因为他的行动象征着对骑士制度种种错误观念的斗争。塞万提斯在成为作家之前也是探险家与士兵——他在被卖给突尼斯国王做奴隶前应该也见识过多场战斗——他向宫廷文学的谎言宣战,尤其反对当时最有害的作品之一,早50年前(1533年)出版的加西亚·罗德里格斯·德·蒙塔尔沃的作品《高卢的阿玛迪斯》。那本小说是当时最流行的小说之一,成了出征美洲的西班牙征服者效仿的榜样——其影响如此有害,连新西班牙(墨西哥)总督也不得不颁布禁令,禁止此书进入殖民地。由此,我们可以看到文学是如何使真相战胜谎言的——我们不妨这么想,每一个时代都会做出一点修正,而文学的作用则是从每一代人中发掘出最接近真实生活的那一部分——我们也可以从中看到文学何以戳破昙花一现的潮流或政治独裁强加于社会的种种泡沫，而文学的这一贡献，绝非无关紧要。

写作，生存。到目前为止，我的思考一直与阅读有关。不是我谦虚，而是因为我相信一位作家首先就是一位读者。回想连接我的生活与我对写作的热爱的纽带，我会首先想到阅读，因为可以说，我所写的一切不过是我读过的、喜爱的书目的延伸与变体。我觉得自己很难把体验到的感情与阅读经历分割开来。想到自我意识，首先浮现脑海的便是我从杰克·伦敦的《白牙》里读到的那个猎人，冻得失去知觉，看着自己的手指在动，而身子却渐渐僵冷。想到爱情，脑海中浮现的则是莎士比亚作品中离开罗密欧的朱丽叶那声低语："奶妈，亲爱的奶妈，我的爱在哪儿？"这不是因为我对引经据典有什么偏好——我发现通常博学之人和没什么文化的人都对引经据典怀有无可救药的偏爱——而是因为无论我们是否愿意，文学常常会以某种方式替代我们自己的记忆。

书籍、文章、一词一句，都随我们一同成长。当生命步入不同阶段，它们的内涵与色彩也在不断改变。言语是我们鲜活存在的一部分，永恒不断生成。我坚信，一如弗兰纳里·奥康纳，我笔下的作品大都与我的早年经历相连，这段记忆的根基早在我20岁以前就已经打下。但是，当我回想童年，回想那些艰险的时光——比如阿尔及利亚战争时期，又或是回想我对情欲的最初体验，回想20世纪60年代初，我在充满敌意却又令人陶醉的大都市伦敦度过的青年时代，我发现我依然在从这座矿藏中汲取滋养，这样说来它仿佛是取之不尽的，每一次使之重现的尝试都会得到截然不同的结果。我在其中探寻的，时而也确实找到的，并不是一份准确无误的事实清单，而是一种生活的感觉。那一天的天空是什么颜色，事件到底如何发生，与我何干？历史的真相与我何干？我明白，无论如何，没有任何工具，没有任何一张底片，没有任何一段录音能帮我重塑真实。我生命中的点点滴滴，那些面孔，那些话语，那些气味，都藏于我心深处，以难以置信的复杂方式深藏其中，只有写作，通过考量，通过其近乎魔法般的神力，才能让它们重现。这便是我需要写作的唯一理由。

确实，我也远行。这是我们时代的便利。百年之前，情况要复杂许多。诚然，那时还没有现在所谓的国界，人们也无需出具疫苗证明或是银行账目详单。但内心的边界，却更加难以跨越。“履风之人”（魏尔伦语）阿蒂尔·兰波，通过诗歌描绘出想象中的全新国度，之后他决心去看看世界，最终则为阿比西尼亚一家可悲的商会走私军火和象牙。我旅行的目的并不是为了写书。不如说，事实可能正好相反：我写大海写得最好的时候，恰恰是在新墨西哥州，是在我身处美国的荒漠之中，远在两个大洋的2000公里之外。我坐在桌边，迎着墙对面一个窗户照进来的光线，可以想象出一片海底，在韩国海域，小济州岛的拾鲍海女，潜游在海底。《诉讼笔录》是在尼斯一家咖啡店的后厅写成的，而《非洲人》则写于巴黎巨大无比的国家图书馆一间没有窗户的小隔间里。有时我觉得，只有在这种压抑之中，在墙面围合那种无从逃离的压迫感中，我才能最大限度地汲取生命中最富生机的部分，它由暗暗涌动的词句构成，仿佛地下熔岩滚滚，气浪喷涌。

有时，我们会将文学创作与行动相对立。前者属于沉思的时刻，是缓慢而谨慎的，后者则牢牢扼住生命要去改变世界——无论是好是坏。今天看来，这样说也许没有错。知识分子阶层，尤其在欧洲，是由一群特权者组成的，他们身处政治边缘，谨小慎微，想努力保住自己的安逸生活——这是意大利哲学家葛兰西在法西斯掌权前夕做出的敏锐洞见，这话今日依然不失其效力。也许今天作家的斗争更加难以理解。如果作家与权力对抗，那首先是以个人自由之名，是为了践行自己的真实与内心平衡。与轰轰烈烈的介入年代相比，情形或许已经不同，因为我们不应忘记，当时的介入有时也难免是轰轰烈烈的错误，比如萨特和叶夫图申科就是这种情况。

写作给予我的，首先是一种个人满足。文学助我生活，给了我活着的感觉。正是从这种个人的幸福中涌现出种种人性的闪光，而不是一种范例的形式。想象一个作家承担有先知的角色，这难免自负，况且作家的预言绝对可疑。很简单，我只是从词语中感到了生命的密度，因为文学创造出分享的可能。使用语言的人类是相通的。无论身在何处，无论日常生活如何，无论命运如何，读者都会在文学中找到更好地认识自我、更好地认识他人的方式，换言之，都会感受到将他与人类大家庭连接在一起的纽带。

（施雪莹 译　许钧 校）

自然与文学

编者的话：2016年5月27日，勒克莱齐奥应邀在扬州大学发表演讲，同行的还有著名作家、扬州大学校友毕飞宇。活动现场，他受到在校师生的热烈欢迎。提问环节，学生们争相发言，对这个难得的交流机会格外珍惜。

本次演讲的主题是“自然与文学”。演讲伊始，感叹于扬州宜人的环境与秀丽的景色，勒克莱齐奥诚挚地说：“我真的特别高兴来到这里，来到这么一座环境非常优美的城市，在这里讲‘自然’，是最自然不过的。”

话虽如此，自然与文化的关系却并非这般和谐，二者似乎相互对立，前者代表了弱肉强食的原始状态，后者则仿佛是在非自然的条件中发展起来的。

如果自然与文化确实存在距离，那么文学便是衡量这一距离的尺度。回顾文学的历史，不难看出人与自然关系的演变。长期以来，自然并非文学描写的客体，而是参与人类活动的一员。勒克莱齐奥特别提到中国古典诗歌如何完成了人的精神与自然意象的统一。他引用张若虚的《春江花月夜》与苏轼的《卜算子·黄州定慧院寓居作》，认为其中包含的物我平衡的理念，对现代社会具有独特的道德意义。

德、英浪漫主义者的现代性，同样源于他们对“自然母亲”的回归，但历经殖民化与工业化，现代社会却与自然渐行渐远。掠夺与征服不仅对某些国家、地区造成了毁灭性灾难，也在根本上改变了自然。面对剧变，文学当如何？一批近现代作家其实已经敏锐地在作品中表达出了对这种变化的迷茫与厌恶。但勒克莱齐奥认为，更为关键的是回归本原。现代环保主义者的观点，其实早在美、非、大洋洲所谓的土著和原住民那里得到了实践。勒克莱齐奥大段引用了印第安卢米部落西雅图酋长给美国总统的信，其中对土地诚挚的热爱与强烈的归属感，令人动容。

当今文学的挑战，或许就是重新找回属于自然的主题。勒克莱齐奥相信，每一种语言、每一个声音都是一条途径，世界各地的文学将共同展示出一个开放的全新的自然，并给予我们生存斗争的力量。

对自然的重视，对现代社会的反思，是勒克莱齐奥创作的重要主题。这篇演讲秉承了他在写作中的观点，不失为对他文学创作的补全。

将自然与文学这两个词并举，略失妥当。提到自然状态，指人也罢，指动物也罢，其对立面，莫非文化，存在于我们当今社会的各种文化——无论它属于欧洲、非洲、美洲还是亚洲。仿佛自然首先便是未开化状态，统治其中的只有生存与竞争法则。1857年,查尔斯·达尔文发表论文时,就是专门从自然的角度考察物种进化的:所谓顺应自然,便是促进一个物种较之其他物种更易生存、生长与发展的一切,其前提是为了在我们这颗星球上生存下去。进化论的逻辑,若是推演到极致,便会得到一个显而易见的结论,凡存在的(存在过,或存活下来的)即是自然的。这一语境下,人类表现得像是自然世界的同住人。换言之,凡是利他生存的,即是好的;凡是让他毁灭的,便是不祥的。乍看之下,这种态度既无法催生道德法则,亦不能助人创造艺术形式或超验的东西。

另一方面,文学(所有艺术创作)又相反,似乎正是在毫不自然的环境中发展出来的。波德莱尔认定任何形式的诗都与自然相对立,甚至将人造性奉为艺术存在的唯一准则。"自然的,"他在谈及女性时写道,"因而是可憎的。"与现代巴洛克的诗性语言相对的,是"自然”的语言，它是现实的，表现的恐怕是连接人与自然的永恒纽带。文学对“口头语言”的发明正建立在人与自然这种亲缘性之上。这一自然可以是“好的”或“坏的”，唯有它才是衡量文学真实性的尺度。自波德莱尔与象征主义开始，人们对艺术的追求，很快由构建于自身独立语言规则之上的完美艺术转向一种重新连接人与现实的大众艺术，有时甚至是民粹艺术。电影、“真实小说”（由保罗·鲍尔斯发明的磁带录音小说）以及近来由信息媒体支持的所谓互动，产生了一个全新的幻象，一种战斗式的文学，它与新闻业显然相关。不久前，人人还在谈论新浪潮电影之后便是摄影笔的时代。到如今，这个神奇工具却早已彻底被时间淘汰了！

这段开场旨在强调人与自然界相隔的距离，而揭示这种距离的正是文学。早期文明中，自然是文学创作的主要参与者。无论欧洲、印度、非洲、大洋洲还是美洲的原始故事中，动植物都并非作为客体出现，而是人类冒险途中的同伴。对巴拿马的安贝拉人来说，火的发现归功于啄木鸟，啄木鸟从凯门鳄口中盗出火苗：一个自此戴上如火的红冠，另一个则被罚只能捕食冰冷的猎物。水也是由啄木鸟引给人类的，它用喙猛击，啄开巨大的纺锤树，这树根是水源，树干是河流，树冠便是大海的阵阵波涛。人与自然的联系绝不仅仅是某种天真的转写：通过语言、通过想象，人类得以把自然融入自己的历史中去——这就好比岩壁画家，在黑暗的洞穴中绞尽脑汁，要把他们的生存所依赖的益兽重新创造出来。史诗时代，自然依旧是人类活动的重要一员，奥德修斯唯有迎战火山之眼，经受海龙向他掀起的狂风暴雨，方能实现宿命。而或许是在中国，古典诗歌——唐、宋、明等伟大朝代的作品——才得以完成壮举，将极尽严格的规则与包罗万象的意象合而为一：为了一抒愁苦之情、诉说背叛之爱、慨叹迁谪之多艰与死亡之无情，诗人自弃形骸，向周遭世界寻求形象，长河、高山、夜空、一树与一花。它们是象征，但更是一种对人与物的平衡的追寻，这在我们所处的全新社会的观照下，有了一种值得关注的道德意义。

正是在这个意义上，张若虚才能将春景之美与世界之永恒的感叹联系在一起：

> 江畔何人初见月？江月何年初照人？
> 人生代代无穷已，江月年年只相似。
> 不知江月待何人，但见长江送流水。
>
> ——《春江花月夜》

至于诗人苏轼则通过融合现实经历与微妙而有力的自然之景，表达迁谪途中的孤独与愁苦之情，这种艺术手法远比简单的譬喻来得丰富：

> 缺月挂疏桐，漏断人初静。谁见幽人独往来，

缥缈孤鸿影。

惊起却回头，有恨无人省。拣尽寒枝不肯栖，

寂寞沙洲冷。

——《卜算子·黄州定慧院寓居作》

中国诗歌中表现出的哲学之新生，恰在于对人类中心主义的拒绝。人与自然通过感官相连，通过由此及彼的理解力联系在一起，使人们得以从整体上理解真实。李白在他的杰作《独坐敬亭山》中早已写道：

众鸟高飞尽，孤云独去闲。

相看两不厌，只有敬亭山。

当今日的环保主义者引用奥尔多·利奥波德的名句“如山一般思考”（而非如人一般思考）时，他们所表达的也不过如此。

德国浪漫主义者歌德、诺瓦利斯也敏锐地感觉到了联系文学与自然的紧密纽带，这种直觉在对印度作品的发现中得到了印证。《摩诃婆罗多》由《吠陀》与《奥义书》中的诗体韵文发展而来，是印度最伟大的作品之一。然而，对自然的再发现过程中最具意义的诗性作品，当属梭罗写于工业时代前夕，1860年的长篇散文诗《瓦尔登湖》，这部作品成为对美洲最后消失的几个“自然”社会的一种见证。

如果我们真要死了，让我们听到我们喉咙中的咯咯声……(让)孩子去哭——下个决心，好好地过一天。为什么我们要投降，甚至于随波逐流呢？让我们不要卷入在子午线浅滩上的所谓午宴之类的可怕急流与漩涡，而惊惶失措。熬过了这种危险，你就平安了，以后是下山的路了。神经不要松弛，利用那黎明似的魄力，向另一个方向航行，像尤利西斯那样拴在桅杆上过活。如果汽笛啸叫了，让它叫得沙哑吧。如果钟打响了，为什么我们要奔跑呢？[①]

如此，才有爱默生所说：

我的头脑沐浴在清爽的空气里，思想被提升到那无限的空间中，所有卑下的自私都消失了。我变成了一个透明的眼球，我是一个“无”，我看见了一切，普遍的存在进入到我的血脉，在我周身流动。我成了上帝的部分或分子。[②]

梭罗、爱默生的现代性（同时也是大部分英国浪漫

---

① 中译文选自：［美国］梭罗著，徐迟译：《瓦尔登湖》，北京：中国国际广播出版社，2012年，第31页。所参照的译文与原文略有出入。

② 中译文选自：范圣宇主编：《爱默生集》，广州：花城出版社，2008年，第36页。

主义者的现代性）正在于他们对“自然母亲”的呼唤，他们以此表达人类对周遭世界的应有之爱。呜呼，现代社会的两个重大事件却与这份爱背道而驰：殖民化与工业化。前者是由欧洲征服者掀起的狂潮，它导致自然的恶化：对西班牙、葡萄牙，还有英国、法国及荷兰殖民者而言，世界任人索取，毫无尊重也无需节制。丰饶之角的神话正昭示了这种掠夺。武力征服的土地是取之不竭的，无论自然资源还是劳动力都是如此。新世界（墨西哥、秘鲁、巴西和南美其他国家）的征服者极尽所能剥削被征服的人民，让他们沦落为奴，他们胆敢反抗，就一律会被赶尽杀绝。现在我们知道美洲原住民的数量只有不到100年前的六分之一，而在非洲和东南亚，殖民冲击导致了巨大的经济失衡与民生凋敝……自然资源成为随心所欲强取豪夺的对象，食物、矿产、森林无一例外。在一定程度上，这种殖民剥削又正是工业时代的前奏。殖民国家依靠掠夺来的大量原材料大发横财，继而转向专业化的成品生产，他们的产品自然又销往被殖民国家。

今天所谓的全球化现象，恰恰是这两个时代之后的产物。较之商业扩张与文化交融，现代社会的突出特征更在于意识到自然规则中发生的剧变。迄今为止尚与历史进程相处融洽的文学，也应该关注这种全新关系的出现，意识到一个全新自然的降临，这是由人类创造的自然。它是人为的、讽刺性的、漫画式的、饱受磨难的，甚至常常为其自身的创造者所畏惧。

当然，我们不是要重塑世界。过往的错误不应遗忘，但如今更应探寻解决之道。在人们逐渐意识到这一点的过程中，文学能起到怎样的作用？在我们追求更美好生活、探寻越发必要的平衡的旅途中，文学又有着怎样的力量？文学不与道德直接相连，却是时代之关切的回声，有时甚至是预告即将到来时代的先声。读兰波、雨果、洛特雷阿蒙、卡夫卡的作品，已经可以看到现代的街道、备受污染的都市、为求自由揭竿而起的人民，还有迷失于现代司法制度中的个体困境。

> 我是一个蜉蝣，又是恶俗的现代大都会并不怎么心怀不满的公民……道德与语言毕竟已经简化为最简单的公式……几百万人彼此无需相知……还有，我只见窗外不散的浓烟中鬼魂颠踬翻滚……没有哭泣的“死”，是我们热心的女儿和婢女，还有一位绝望的“爱”和一位美丽的“罪恶”，正在小巷泥泞中嘤嘤啼泣。[①]
>
> ——兰波《彩画集》

但现今之关键，在于对本源的回归。人类历史上最主要的转变之一，或许就是人对周遭世界看法的改变。

---

① 中译文选自：[法国]兰波著，王道乾译：《彩画集》，上海：上海译文出版社，2001年，第97—98页。

甚至连我自己都可以感受到这种变化：在我短暂的生命中，现代社会改变了实用主义自然观——世界是资源与科技进步不竭的提供者，意识到人必须有节制地利用资源。六十多年来，自然的生命中枢早被严重消耗：森林成片消失，可饮用水储量锐减，空气污染，物种灭绝。出色的西藏探险作品《雪豹》的作者彼得·马修森才会在去世前写下极为消极的作品《非洲沉默》，讲述那片大陆上曾经数量颇丰的大象和其他物种如何逐渐消失。但问题不仅是动物灭绝，战争、饥荒、无节制的农药使用、森林砍伐与单作耕地扩张，都让这片曾经丰饶的土地如今成为绝望之壤。对此，文学没有无动于衷，这是全新的召唤，全人类都牵涉其中。梭罗与爱默生的浪漫主义观成了导火索，启发人们逐渐意识到一种全新伦理的必要性——或者，正如美国环保主义者奥尔多·利奥波德近来在他的作品《沙乡年鉴》中所写，一种全新自然保护公约之必要性。它的内容并不新鲜，正相反：美洲、非洲及大洋洲所谓的“自然”民族——土著和原住民——早就本能地践行了一种生存策略，即不向土地或海洋索取超出其能力之物，不将自然视为人类的所有物，而将它看作一片富于生命的土地，人类不过寄居其间。如此朴素的观点——但绝不简单——很快便催生出有史以来最美的篇章之一，这是来自印第安卢米部落西雅图酋长的忠告，他在签署将部落领地交与联邦政府的协定时，去函美国总统。那篇发表于1857年的文章，是献给自然最美的颂歌。我衷心希望它能被译成各种语言，并为所有学生阅读。在此，我引述请愿书中的几个段落：

> 告诉你们的孩子，他们脚下的土地是祖先的遗灰，土地存留着我们亲人的生命。像我们教导自己的孩子那样，告诉你们的孩子，大地是我们的母亲。任何降临在大地上的事，终究会降临在大地的孩子

身上。[1] 人们唾弃土地时，便是唾弃他们自己。

我们深知，大地不属于人类，是人类属于土地。我们深知：所有事物都紧密相连，如血液连接一个家族。所有事物都紧密相连。

……

即使最后一个红种人从这片土地上消失，即使他的记忆也化作白云之影掠过草地，这里的河岸与森林将依然庇佑我族人的灵魂。因为他们热爱这片土地，如新生的婴儿贪恋母亲的心跳。所以，虽然我们向你出售我们的土地，爱这片土地吧，就像我们曾深爱它那样。看护这片土地，就像我们曾看护它那样。

所有这些伟大先驱共同开辟了一条全新的文学之

① 第一段选自人教版语文课本六年级上册第15课，后文为译者所译。原文法语翻译摘自《思与行》，联合国粮食及农业组织公报，罗马，1976年6月。

路。他们将当今时代，这个挥霍无度的时代，与某个理想的时代相连，那是一个缔造了人文主义的思想与艺术的黄金时代。上文中我提到过伊朗、美索不达米亚、中国或地中海地区的早期文学艺术。可也别忘了：这些距今已久的作品绝非就免去了现代文明的粗暴与残忍。人们用活人祭祀、推行奴隶制度、发动血腥战争，而当时环境下的饥荒与掠夺较之和平、公正时期都更为频繁。超过十万行诗句的印度长篇作品《摩诃婆罗多》诉说着各种罪行，《圣经》与《奥德赛》也一样。众所周知，孔子、老子、墨子的伟大哲学著作均成书于中国各地战争频仍、动乱纷繁的年代。这些作品不同于现代文学之处，在于它们将人与世界紧密相连。协约秘而不宣，因为它暗含其中。对神的遵从，或是对自然之力的赞叹，其实削弱了强权者占有的欲望，让他们为自己的行为负责。关于这种不复存在的和谐关系，美洲印第安文明最后的见证者给出了最不容置疑的例证——包括关于阿兹特克文明的《佛罗伦萨手抄本》，墨西哥普尔皮察的《米却肯故事》，以及秘鲁文学家印卡·加西拉索·德拉维加的作品。西班牙征服者的到来给当地人带来的，首先是扼杀生态与健康的灾难，随后才是政治惨剧。《米却肯故事》作者不详，1540年由米却肯王国最后的幸存者整理成文。征服者对黄金的贪欲在文中以天真却极具冲击的方式记录下来：这帮殖民者肯定是吃黄金的，才会对黄金如此贪得无厌！

在这些有时甚至是灾难性的经历的启迪下，当今文学又重新找到源于自然的主题。当然，问题不在于追回已经失去的纯真，也与怀旧无关，所谓怀旧不过是与自我陶醉同根同源的暧昧情感。我们生活的世界，是我们唯一的世界，是需要我们去记录、清点、深入的世界。为达到这一目标，并非只有一种方法，世界上有多少种声音，便有多少种方法。万物能言的久远时代已经逝去——它是否真的存在过？现代自然不再是史诗性的漫长西行旅途中的自然，不再是尤利西斯追寻自我的漂流中的自然。它与城市交汇，是充满暴力而不完美的——事实是，我们的时代在痛苦和矛盾中分娩出了一个全新的世界。其最神奇之处，莫过于这个全新空间是开放的，它向各种交流、各种发现敞开怀抱。文学正是这种兼容性的一部分：当我阅读韩国当代小说，中国新诗，用沃洛夫语、约鲁巴语这些一度不为人知的非洲语言写下的文章，还有钦努阿·阿契贝的诗，阿密娜达·索·法勒的小说；当我发现那些伟大的拉丁美洲作家笔下的世界，鲁文·达里奥、奥克塔维奥·帕斯、加夫列拉·米斯特拉尔，在小说中融合魔幻与现实的胡安·鲁尔福，还有他的继承者加西亚·马尔克斯；当我在自己面前展开莫言深奥而广大的想象世界，这首他的故乡高密崎岖而富饶的土地给予他的歌；当尽管困难重重，我依然听到像舍曼·亚历克西斯或斯科特·莫马戴这样来自美洲印第安作家的声音，听到像毕飞宇这样的中国作家的声音——展现在我眼前的正是这个全新的自然，它滋养着我，让我看到大地之上人类生命未来的希望。这些声音诉说的方式截然不同，时而讥讽嘲弄，时而慷慨激昂，但无论我们是谁，无论我们来自何方，这正是我们所扎根的世界美之所在。这份美是脆弱的，宛如奥尔多·利奥波德在沥青路上苦苦寻觅的那朵白头翁花。书的言语并非仅是噪音，它们表达的绝不只是短暂的时尚，或对镜中倒影的热爱。它们还给予属于我们时代的生存斗争以力量。它们汇聚起来，汇成同一首歌，顽强、坚定，似湖边延绵的蛙声，如屋上起伏的蝉鸣，一首来自这颗星球四方的歌，一首为生命的未来而唱的歌。

（施雪莹 译　许钧 校）

梦与探险

编者的话：2017年5月12日至16日，勒克莱齐奥与美国全国图书奖获得者菲尔·克莱、英国作家珍妮特·温特森、俄罗斯作家尤里·波利亚科夫，还有中国作家余华、苏童、毕飞宇、迟子建、欧阳江河等齐聚南京，共同参加首届“中国江苏·扬子江作家周”。活动由江苏省作家协会、江苏文投集团、凤凰出版传媒集团联合主办。

5月13日，作家周的首个论坛在南京紫金文创园举行。论坛的主题是“现实与梦想”。与之呼应，勒克莱齐奥便以“梦与探险”为题，发表了演讲。

“梦是生命最自由的表达”，因此也成为艺术家重要的创作源泉。在法国，洛特雷阿蒙写下仿如梦呓的《马尔多罗之歌》。而在更为古老的社会，梦直接影响着人的生活，被视为通灵的途径。这些“梦者的社会”，却在推崇理性的现代社会遭到驱逐，被视为落后、蒙昧的象征。从人文主义萌芽到文艺复兴，消灭梦与幻想始终是理性发展的必然要求。但也在这一时期，梦以另一种形式迅猛发展。欧洲社会巫术盛行、宗教裁判频繁。文学上，巴洛克风格对生命短暂、爱情易逝的慨叹，正是梦的一种表现。事实上，人生如梦这个主题在不同文化中均有体现。墨西哥土著诗人、中国古典诗歌、德国早期浪漫主义，直至近代同时诞生于欧洲与墨西哥的超现实主义，都表达过同样的主题。

然而，梦的自由暗含危险，对习俗与规则的叛逆注定不为理性社会所认可。追寻梦的自由必然需要抛弃确定性，付出巨大努力和代价。在文学中，它常常表现为对死亡的超越，比如寻找不死之花的吉尔伽美什，抑或在《红楼梦》中梦游太虚幻境、窥见前世今生的贾宝玉。

直到现在，真实与梦的统一依然是诗人们孜孜不倦的追求。正因为有了这些现代的“梦者”，我们才能意识到梦是“构成人类平衡的宝贵财富之一”。不仅在艺术领域，科学发展似乎也逐渐印证了“梦”一般不确定的世界的存在——生命之秘密的存在。

最后，勒克莱齐奥特地提到了中国的文学遗产。他认为，中国文学向世界提供了一种科学与想象相辅相成的新型人文主义。在现实与梦之间达到平衡，这便是中国传达给世界的讯息。

要说“梦之自由”，似乎同义重复，因为梦本身是生命最自由的表达。梦似乎不受理性摆布，与礼仪、社会法规甚至日常语言规则相悖。梦之自由是自私的，因此令人恐惧。也正因此，其探索愈加困难，其阐释始终不明。长久以来，人类社会试图禁止梦的自由，遮蔽梦的自由。梦是自由的，却被禁闭于沉寂之狱，身陷遗忘之囹圄。梦是艺术家需竭力盗取的隐秘的火种。当代科学已涉足梦的研究，物理学或天文学应用已向我们指明找到梦之维度的路径。

在法国，梦的故事始于1867年：那位名叫伊齐多尔·迪卡斯——此时还未得名洛特雷阿蒙伯爵——出生于乌拉圭的年轻男子那时并不出名，他定居在巴黎维维埃纳路的公寓酒店，离法国国家图书馆不远。在那里，他以狷狂的笔触写下了《马尔多罗之歌》的第一支歌。三年后，出版了六支歌后，24岁的他在巴黎寒冬的物资匮乏中孤独地死去，时值1870年战争刚刚打响。他的作品讲述梦的故事，包罗万象的文学中最令人惶恐不安、最具颠覆性的一个梦。直到作者离世多年，这部独一无二的作品留下的余波才触及读者大众，其影响是爆炸性的，正如同星球的爆炸仿佛是赶在时间之前。

梦之自由，也是回归原初，是原史时代社会的自由（这是哲学家克洛德·列维-斯特劳斯给出的定义）。根据来自现代世界的最初旅者——到达大洋洲、南美洲、赤道非洲的探险家们——的描述，此种社会中，人在梦的影响下生活。梦是魔法的作用，是轮回的时间观，是人与其崇拜的神明成为同一的可能途径。对于这些世界的居民来说，梦是灵魂出窍的旅程，让其得以识彼世、观未来。最早到新大陆的西班牙编年史家正是这一体系的见证者，这一体系将现在与未来糅合，让神圣与日常交汇。这些编年史家身处其中并罗缕纪存的，正是这些“梦者”社会生存的最后时刻，是他们奇特的仪式与献祭场面。最具冲击力的是墨西哥古阿兹特克人名为“Ixnexitiua”（追求探险）的庆典，德·萨哈贡神父对此有详细记录（《新西班牙诸物志》，1572）：“他们说，在这一庆典中，所有的神明都会前来跳舞，为此，舞者要装扮成不同角色。有些扮鸟，有些装其他动物，他们变身为蜂鸟、蝴蝶，其他人变成蜜蜂、蚊子或金龟子。有些人跳舞时背着一个睡着的人，他们说这是梦神……”

（欧洲或亚洲的）现代世界以理性主义为名，力图摧毁的正是这些神奇的社会。对于夺取这片有魔力的领土的征服者来说，梦者社会是落后的，必须将其简化到现实层面，最终将其纳入现代生产力与因果关系。后来这成为文艺复兴精神下哲学与宗教的职责。人文主义最初（16世纪进行重要探险活动之际）建立在科学信条之上，谴责人类灵魂的阴暗面。为了肯定新人类，必须消灭旧人类，消灭以梦和幻想而生的旧人类。在欧洲，（被称为文艺复兴的）新时代是绝对权力的时代：西班牙的卡洛斯五世、英国的亨利八世和法国的弗朗索瓦一世肯定了现实、军事实力、金钱力量的优越性。无独有偶，也正是在极端政治权力在欧洲发展的时期——殖民时期与贩卖奴隶初期——梦的发展最为迅猛。在法国路易十四统治时期，正是巫术大行其道之时；而在西班牙，巴洛克时代也是宗教裁判所施用火刑的时代。（与现实的一面相对）梦的这一面是相对性，是意识到生命短暂，爱不能长久。弗朗西斯科·德·戈维多的诗句众人皆知：

昨天已然去，明天尚未来；
今天却在不停地离开。
我是已然，是尚未，是疲惫的现在……

巴洛克也并非只是文化上的一个时期，亦是对人类阴暗面的展现，表达对梦的喜爱，展现对现实的拷问。早于弗朗西斯科·德·戈维多的诗句200年，在行将消失的墨西哥土著世界中，就有这样一名诗人，内萨瓦尔科约特尔，墨西哥之“三国”的统治者，唱着与中国感伤诗人（李白或王维）、德国早期浪漫主义诗人诺瓦利斯同样的主题，同样的悲凉：幸福弱不禁风，青春

与爱情转瞬即逝,死亡在所难免:

戴上花儿,
在大地上装点自己。
抓住这唯一的可能,
只为这短暂的一瞬。
花儿,我们给你,
只为这短暂的一瞬。
下一刻,花儿就被带往冥界,
带向不毛之地。

巴洛克诗歌肯定梦的权利,肯定创作与想象之间的古老联系,而浪漫主义时代则表达出一种要求,一种自由的需要,必须去探险,去探索未知。

在欧洲和墨西哥同时诞生的超现实主义运动建立在梦的权利之上。安德烈·布勒东说得好:“梦,身穿无数镜子与闪电的可怖的暴君。”对超现实主义者来说，梦是一种包含肉体体验与超验体验的整体体验，经历之后人的本质必然发生改变。这确是一种革命，因为其中颠覆了诸多价值：“唯有想象能使我意识到有可能发生的事，这对稍稍解除那可怕的禁令来说，已经足够。这足以让我全身心地沉醉于想象之中，而不必担心自己搞错了（……）对于思想来说，潜在的迷途不正孕育着善行之偶然吗？”（《超现实主义宣言》，1924）

人类借助幻象与梦境追寻自由，其中却暗藏危机，正是因此，现代按习俗行事的理性社会不能容忍这种自由。人，就像安德烈·布勒东所称的“这最后的梦者”[洛特雷阿蒙更粗俗地称其为“发身（青春期）的梦者”]，必须选择自己的道路。为完成这一极端体验，有时甚至要以生命、健康为代价，安托南·阿尔托或罗歇·吉贝尔-勒孔特均为此体验付出了代价。后者是文学运动“大游戏”的发起者。而前者阿尔托则将其作为自己的道德行为准则："别人写作品，我只展现自己的精神。生命就是去不断点燃问题。"

获得梦的自由必须以痛苦为代价，这与神话题材相似。所有的社会在历史上都有对地狱的探索。用心理学术语来说就是"catabase"（希腊语为*katabasis*，意为向地下世界走）。在这场想象之旅中，人类展开了对现实世界之下的非现实世界的探寻，在好奇心、爱情（比如寻找爱妻尤莉迪丝的奥菲斯）驱使下探险，亦或是受到一种向往未知的吸引力驱动，而这实为人类固有的特点。为此，必须抛弃确定性，穿越死亡的大门。正如美索不达米亚英雄吉尔伽美什的历险，他为救活挚友恩奇都，出发寻找不死之花。而萨满出神的唯一目的就是开启一趟穿越到逝者国度的启蒙之旅。在中国，唐朝伟大的古典诗歌（杜甫、李白、王维等驾驭情感与语言的大师）到来之前，文学早已被超自然所吸引，例如在郭璞注释的著名的《山海经》中，描绘了如此接近梦境的世界。这部著作是纯粹的想象，妖怪与神兽的目录，中国古代神话的汇总。而后，在《马可·波罗游纪》和《曼德维尔爵士旅行记》的时代，则以有趣的奇谈的方式成为欧洲了解神秘中国的文献来源之一！

时间轮回的想法在中国诗意创作中也有所体现，比如中国古典文学中最为大众喜爱的小说之一，曹雪芹的《红楼梦》。这部小说中，人物命运与他们的前世相连，通过梦境完成命运，比如残酷的黛玉之死，再如宝玉第一个梦中与仙姑的相遇：

> 假作真时真亦假，
> 无为有处有还无。

神话时代早已远去，诗人自身仍在追寻梦境与真实的相遇，即人的两面的统一：真实生活和超自然生活的统一。这种相遇，是所谓的“原始人”完完全全活在其中的，他们每一刻都将日常生活与神话相连。现代社会在肯定理性优越性的同时，某种程度上也打破了对幽暗之界的探索之约，而这一探索之约是创造力的源泉。为了反对决定论和实证主义，必须重建这两个组成部分的古老平衡。从威廉·布莱克到诺瓦利斯，从热拉尔·德·内瓦尔到波德莱尔——然后有洛特雷阿蒙的《马尔多罗之歌》，有兰波的幻象，再然后是超现实主义历险，如同宣泄狂热一般到达梦之顶峰——有了这些梦者，我们如今才能看到，不论人类物质力量有多雄厚，不论人类文化遗产有多丰富，梦之自由是构成人类平衡的宝贵财富之一。我们将会发现——其实是我们将重新发现——这个可见的世界是个映象。世界上古老民族的智慧在向我们提问：或许，我们是小憩中的神明在梦中创造的生物，他一醒来我们就会如幻影般烟消云散？伟大的阿根廷小说家豪尔赫·路易斯·博尔赫斯就此给出的回答令人赞叹不已：

> 分予我们的时间我们早已走完，我们的一生不过是轻如鸿毛的回忆，迟暮残阳下的反光，毫无疑问，是无法挽回的伪造歪曲的结果。（博尔赫斯，《虚构集》）

梦之维度的新兴似乎只限于艺术领域：梦之素材，也是图像作品、电影、小说的创造素材。幻想作品在我们现代物质社会中取得了成功，这证明，幻想作品并非单纯的症候，并非转瞬即逝的流行风尚。我一开始就提到当代科学，是有意为之。人类为理解自己所处宇宙而展现出的才能令人钦佩。创造认识手段的同时，即创造衡量自然、分析现象的可能性的同时，科学拓展了理解力的边界。发现浩瀚宇宙、生命不竭的源泉、物质结构的复杂性，如此多的领域并未让我们在高傲的确定性中肯定自我，反之，我们从中发现了宇宙构成的神奇、人的精神内部深不可及的奥秘。每每有谜团即将揭开，便有更大的谜团相继出现。换句话说，生命是一根满是秘密与锁扣的链条，将生命与古代神话相连。

中华民族在历史上经历了无数战争与革命，却始终保持着古老的文化传承——其文学遗产尤其令人钦佩之至，甚至向世界提供了一种全新的人文主义范本，一种科学与想象相辅相成的人文主义。理性思维与梦不再相互抵触，反而构成了实现平衡和内心平静所必需的一对力量——中国传达给世界的重要讯息正是在此。

（张璐 译　许钧 校）

播种

编者的话：2017年10月13日至16日，受云南大益文学院邀请，我与勒克莱齐奥先生及其夫人，参加了“面向世界的写作——‘大益文学’之西安论坛”。此次论坛是大益集团、大益文学院主办的首届“益友”节的一项重要文学交流活动。与勒克莱齐奥先生和我一道受邀参加活动的，还有红柯、于坚、马原、曹寇、耿占春等中国知名作家和评论家。曹丹红作为翻译，全程参加活动。

勒克莱齐奥先生是此次论坛的特邀嘉宾。我与大益文学院有过几次往来，深感于文学院院长陈鹏及其同事对文学的热爱与热情，也敬佩大益集团多年来对社会公益事业的热心与奉献。我想勒克莱齐奥先生也正是出于同样的原因,欣然应允参加此次论坛。其实就在论坛召开的前几天,先生还身在德国,出席以法国为主宾国的法兰克福书展,参加书展组委会为他的新书《阿尔玛》组织的交流活动。就在论坛召开的前一天,他坐了十多个小时的飞机,中途经过两次转机,从欧洲抵达西安。勒克莱齐奥已年逾古稀,本来我们担心过于频繁的国际长途旅行与繁忙的活动会令他疲惫,没想到他下飞机时依然精神抖擞。他对与中国作家与评论家展开有关文学的对谈充满期待,也为自己的行动能够支持中国公益事业而兴奋。

在论坛上,勒克莱齐奥先生发表了题为"播种"的演讲。演讲稿是他特地为此次论坛所写。在演讲中,勒克莱齐奥先生指出,选择这个题目,是因为他"有意将思想的传播与农事的播种联系在一起"。正如种子与孢子会"通过笼罩在我们星球表面虽不可见却真实存在的气流播撒开去”，文学也会冲破各种阻力，在时空之中传播。这种传播首先是空间上的，东西方文学于是彼此影响、相互渗透。影响与渗透有时以为人熟知的方式发生，有时却显得颇为神秘，令两种相隔遥远的文明中的文学呈现出惊人的相似性。但传播也是时间上的。文学这样一种看似“无用”的东西，却因为它“向着人心说话”而受到人们的喜爱，也因此被当作精神财富彼此分享，代代相传。文学的交流远远早于经济全球化的时代，在未来还会不断延续下去，因为，正如勒克莱齐奥先生反复指出的，文学是人性的载体，人们在文学中表达对真善美的追求。这种根本的追求促使文学能够超越地域、种族、性别、阶级等的差异，尽管从特殊性出发，却能殊途同归，触及人性的普遍层面，为不同时代、不同地域的读者所接受，而读者也在拥抱普遍性的同时，接受了异的教育与考验。因此，勒克莱齐奥先生说：“正是文学让我们得以理解他者，不仅包容对方的特殊性，更学会爱他人，向他人敞开心扉。”

农事上的播种令植物得以繁衍，令人类获得生存的条件，文学上的播种令思想与文化得以传递，为一种全新的人文主义奠定基础，令全人类受益。对于这种全新人文主义的确立，勒克莱齐奥先生在演讲及之后的两场对话中，多次强调了中国的作用。他特别提到中国在古代及今日对世界文学的贡献。中国的活力、中国对文学的重视、中国推动文学发展的力度，都令他深受震撼。作为今日中国发展的一位见证人，他满怀信心地指出，文学在今日的中国大有可为，中国对促进世界文学的发展大有可为。他对中国及中国文学的这份热情与信任，令人为之动容。

在演讲及之后的对话中，勒克莱齐奥的发言时常被听众的热烈掌声打断。我想感动听众的，不仅是先生的智慧与幽默，更是他的真诚与胸怀。他就是他自己言论的真实写照，知行合一这个词用在他身上，实在是很恰当。

世界的历史先于文学的历史，有时也与它同行。令人费解的是，文学史有时也会显得很有预见性，它营造出一种敏锐的感觉，实际上这种敏锐感要到作品写就许久之后才会显现出来。因此，我们才能从尤利西斯在“酒红色大海”之上的漫长旅途中，看出关于古典希腊时期哲学追问的先兆以及逐渐将地中海沿岸的欧洲居民会聚到一起的相遇。同理，孔子时代，中国出现了人文主义的必要基石，它随后成为这一伟大文明的酵母，成为其诗学的根基——尤其是在杜甫、王维还有李白的时代。文学是这种人文主义最关键的成分之一，这就是为什么，尽管已是古董一件——还有什么比纸书与书写更老旧呢？——文学依然在现代化的种种形变中幸存下来。

人们不无自负地断言，文化交流属于全球化时代——我们当今的时代。这份虚荣又为全球化时代的诞生定下了种种日期。有些人认为，它诞生于大规模的征服时期——亚历山大时期的希腊，成吉思汗时期蒙古人的扩张——或者诞生于远距离的探索之旅，马可·波罗前往中国，克里斯托弗·哥伦布到达美洲，抑或库克船长去往大洋洲。确实，这些时间点是标志远隔沙漠与海洋的人群相互会面的重要时刻。但得益于艺术品与文学，相遇发生得更早。全球化不仅造成了经济冲击（有些是灾难性的，比如西班牙人与葡萄牙人入侵美洲，或是法国、英国与德国征服非洲），它更促成了文化与美学的熔炉，在意识层面深刻地改变了世界。

我们很难计算这些影响需要多长时间才能在世界历史中发挥作用。或许仅举一例便足以说明过程之缓慢：据说，公元前5世纪的中国（孔子之后，战国时期），一位伟大的天才哲学家，墨子，发明了首个暗室。他观察到一座寺庙的图像穿过门上的小孔倒映在昏暗房间的墙壁上，于是便差人造出了能将远处物体成像的暗室。这一非凡发明由此成为人类历史上一个最基本计划的出发点：对现实的再现。墨子的发明首先为波斯人所了解，随后是古典时期的希腊人，接着又通过阿拉伯世界传到威尼斯。文艺复兴时期——达芬奇、拉斐尔的时代，发明被进一步改进，通过添加透镜与可移动壁板实现了聚焦——它使精确描绘模型与景物成为可能。从达芬奇到卡纳莱托，所有伟大画家都在使用这一发明。现实由此被引入艺术之中——当然，还有艺术工具，亦即照相机与摄像机（camera一词的本意便是指墨子最初发明的暗室）。

所以，在经济全球化的起步阶段或是全球化孕育的过程中，思想、发明、文学与艺术品的流动就已经为全新的人文主义做好了准备，而当今世界的每一个国家，无一例外，都在从中受益。

求真的例子在文学史中比比皆是，是它让每个时代得以在现实与愿望间达到平衡。世界文学史的关键时刻之一，要数一本前所未有的最具颠覆性的小说的出版。

《拉曼恰的聪明乡绅堂吉诃德》，也就是米格尔·德·塞万提斯·萨维德拉所写的鼎鼎有名的《堂吉诃德》。不要忘了这部小说是在怎样的背景下写成的，又实现了何等的精神解放。法国哲学家孟德斯鸠如此评价："本书让其他所有书籍沦为一纸空言。"

塞万提斯笔下的堂吉诃德仿佛一架战争机器："愁容骑士"与他忠诚的随从桑丘·潘沙，穿过16世纪的卡斯蒂利亚，展开离奇可笑的冒险，一个为了赢得他的梦中女郎，杜尔西内娅·德尔·托波索的爱情，另一个则为了得到一座黄金岛，当上总督，从此衣食无忧，毕竟活着的唯一目的，正如堂吉诃德所说，不正是"填饱挨饿的人，喂养口渴的人"嘛。在疯狂的旅途中，骑士挑战了一个又一个经典的敌手，摩尔人，恶棍，甚至是被他当作巨人的风车。但小说还讲述了另一场战斗，是塞万提斯，这位史诗时代混乱想象的继承人，为了反对他所在时代的谎言与谬误而必须发起的斗争。要想理解这一点，就不能忘记在他生活的年代，文学的面貌是漫画式的。骑士小说，尤其是稍早于《堂吉诃德》出版的加尔西·罗德里格斯·德·蒙塔尔沃的长篇英雄小说《高卢的阿玛迪斯》，其影响无孔不入，以至于西班牙国王腓力二世不得不在1550年颁布敕令禁止“任何西班牙人或殖民地的印第安人阅读骑士文学书籍”。幸而有了塞万提斯，这道敕令无需执行了，因为这种可笑而贻害颇深的模式已经走到了尽头。就这样，仅凭一本小说的力量，世界彻底摆脱了某个谎言，并在一瞬之间，超越所有界线，触及了具有普世价值的现实主义。

有人也许会反对说，这种影响是晚近才产生的。在中国，在日本，欧洲文学的翻译姗姗来迟，与之相应，这些国家的伟大作品也长期不为欧洲读者所知。但是，如果我们从整体上考虑世界文学的进程，就会发现，同一时期绝大多数国家的思潮总有相似之处。曹雪芹的例子就很有启示性：这位小说家，伟大小说《红楼梦》的作者，与英国现实主义小说家，令人难忘的辛辣巨著《巴里·林登》和《名利场》的创作者威廉·梅克皮斯·萨克雷是同代人。在同一时期相似的政治背景下（封建社会末期的中国，进入现代剧变中的英国），文学都诞生出了批判现实主义，戳穿了当时精英制度的神话。宝玉和巴里·林登都是叛逆者，他们利用女人的柔情，向体制发出挑战。尽管有明显的不同，这两部小说都成为即将到来的世俗社会的先锋，宣告了特权的终结与千年传统的崩析。这个观点很有意思，也值得深入探究：众所周知，许多技术发明都是几乎同时在世界各地出现的，彼此之间并没有明显联系——例如印刷术的发明、航海术、日历算法，以及后来的蒸汽机与电话/传真等。因为我有意将思想的传播与农事的播种联系在一起，也许我可以说，这些种子与孢子正是通过笼罩在我们星球表面虽不可见却真实存在的气流播撒开去。最惊人的例证要数阿兹特克诗人（古墨西哥）内萨瓦尔科约特尔，他在16世纪写下一系列诗歌，无不执著于死亡与人生苦短，当时正值西班牙征服者登陆他的王国，而他们也带着巴洛克时代的悲观动摇。这两种文明，彼此完全陌生，却在各自进程中，发展出同样的消极主题。这个例子非常极端。既然今天我们齐聚西安，著名的丝绸之路的起点之一，我们不妨援引文化的种子传播的其他案例。编年史作家曼德维尔所使用的关于中国的文献，绝大部分都是神话。他为欧洲读者所展示的中国更多源自想象而非现实，灵感源于郭璞编注的著名的《山海经》，这难道不令人震惊吗？然而无论我们是否愿意，事实往往如此：梦幻的神话与想象远比现实传播得更为迅速——别忘了，在欧洲，照相术最早就是用来证明鬼魂可见的存在的！

但我想和大家讨论的是另一种丰沃过程，因为比之社会学，文学对我更有吸引力。文学鲜有预见性，其目的也并非开出良方，文学更多是种见证，有时也能助人辨识恶端。让各种文化更加丰沃才是它的主要原则，才是它存在的意义。塞万提斯的小说、莎士比亚的戏剧、李白或王维的诗都不只面向他们的同代人，不只谈论他们所属的国家。他们是更广义人性的载体，这种人性能从他们身上获得改变所必要的酵母与力量。自有书以来，书就一直是获取知识的途径，因而也是通往自由的途径。18世纪，在我出生的小小祖国毛里求斯岛，一个奴隶要是胆敢接近一本书，哪怕是《圣经》，就可能遭受残酷的鞭刑。在法国，留尼旺作家路易·蒂玛热纳·武阿的小说《逃亡者》长年因颠覆政权罪被判为禁书。

从更广泛意义上看，人的精神正是通过文化，通过文化中属于想象（或创造）的部分获取养分的。对我而言，最重要的文本之一便是长篇系列传奇《摩诃婆罗多》。这部伟大的史诗（诗句逾两万行，其最长版本多达十万句！）可以当作历书阅读，是世界文学中众多主题的源头——一如苏摩提婆的《故事海》是《一千零一夜》的源头。但《摩诃婆罗多》所包含的，首先是对所有人为了自我实现所必须完成的内心斗争的隐喻。系列开端的《森林篇》颇为完美地象征了全人类的共同历史：它始于蛮荒，在逐步的教化中走向人文。本书中最动人的章节是，国王那拉与达玛扬蒂的爱情，矢志不渝，战胜了猜忌与人性的丑恶。最为人熟知的章节，名为“薄伽梵歌”，则讲述了一场充满象征意义的斗争，其目的是认识非我，后来，它启发了圣雄甘地的非暴力抵抗运动。有人或许会反驳我，认为这些作品以及印度播撒出的绝大部分种苗，都不为大众所知——至多也不过沦为充满异国情调的作品之流。其实此言差矣。如果说和平已经成为世界范围的普世价值观，就必须看到这一观念在很大程度上扎根于印度思想，我们从《摩诃婆罗多》的《斡旋篇》——还有吠檀多派的哲学——中便可以看出。和平的革命催生出一种建立在谅解与分享之上的多元文化。但我们也要清醒地看到，文学并不是美化后的道德条约:《摩诃婆罗多》，同中国的《三国演义》一样，并非和平之书。一如《圣经》，一如《奥德赛》，书中描写了残酷的战争、人类的激情、争夺权力的野心与斗争。它所描述的古老社会建立在不平等的基础之上。因而所期待的对它的阅读不应停留在字面，而是类比的阅读，能将神话换置于不同时代背景中，完成它们穿越时代的更新。

当然，这并不美好的世界远非十全十美。社会冲突、不公、歧视排外与社区团体的故步自封都是永恒的威胁，正如近来可见，几乎在世界各地，宗教极端势力与不同身份群体间的暴力冲突屡见不鲜。当文化被等同于一个孤立于所有人的隔绝体，它也可能成为纷争的催化剂。这是一个误区，却不幸被各地的政治煽动者所利用，以实现自我的野心。这就是为什么作为文化载体，文学作品的传播显得至关重要。正是文学让我们得以理解他者，不仅包容对方的特殊性，更学会爱他人，向他人敞开心扉。

今天的中国在这方面做出了表率。再没有哪个国家，文学的传播能得到如此大力支持、具有高度组织性且备受重视。通过外语学习，通过翻译项目，全世界的文学都介绍到中国，并为广大读者所阅读。我自己亲身参加过这些交流，我也见证了现代中国的集体意志。这意愿还希望打破大学学科之间的隔阂，让科学与人文得以相遇，共创全新的人文主义。这话或许显得抽象，不过，我在南京大学授课期间，在我因之实现的众多相遇中，我发现研究高深的中国古典诗歌——唐诗宋词最好的专家中，就有一批理科生，来自天体物理学、地理学专业，还来自社会学或信息学专业。如此的开放性正是中国未来的希望,理应成为各个大学的榜样。

文学与艺术的险区就在于拒绝这种普世性。要是把一部作品限于某一民族主义或地区主义的表达,就彻底弄错了艺术创作的目的。当然,作家总是属于某个集体的,也总是首先讲述他所熟悉的小世界——通常作家写作的时候,这个小世界已经不复存在了——法国小说家马塞尔·普鲁斯特如此,中国作家老舍也是如此,两人出身的阶层当时都在消失中。当代伟大小说家莫言的情况也是这样,他调动自己的记忆,与我们分享了农民告别劳苦之后中国的发展。当然,现实主义并不是这些作家实现目标的唯一途径,他们也创造出一个领域,一块既是神话又是现实之地,在那里,一切都实现了超越,为我们提供了某种典范。这其中唯一的真实就在于他们语言的创造,在于他们的创造力。

要融合,我们必须面对杂糅的问题——全球化之所以在当下引发争议，是因为交流与文化往往单向而行。同时还因为国境线——这条隔开坐拥一切之人（饮用水、药品、食物与教育）与一无所有之人的想象之线——已经成为残酷的过滤器。

富有国家与贫穷国家之间，原料和劳力均可流动，唯有进步的果实不能。在这个自私而贪婪的世界里，万物皆可出口，唯独除去人道精神。

经济发展水平高的现代社会，心系自己的特权，他们只有在触及自身时才会赞扬人的生命的价值，对他人则充耳不闻。他们的公民才是命运的主人，是唯一有权号令宇宙的存在。无论往昔还是今日，这种态度都非常危险，因为它包含着引发未来战争的诱因。

统一的理想依旧遥不可及，这不过是知识分子的创造。当我们谈起流散、播种与融合，就会发现殖民社会陈旧过时的幻想依旧阴魂不散。它们依然存在，并毒害着社区之间、国家之间，尤其是个人之间的关系。

文学（这里我所指既是现代小说也是古典史诗）坚决反对任何宗教极端主义。作家所言不只是他们的时代与土地。他们是融合的产物，他们表达的是广袤世界中我们人类文明的复杂性与多变性，其中心必然不是唯一的，而是多元的。

（施雪莹 译　许钧 校）

图书在版编目（CIP）数据

文学与我们的世界：勒克莱齐奥在华文学演讲录 /（法）勒克莱齐奥著；许钧编．—南京：译林出版社，2018.11

ISBN 978-7-5447-7525-0

I.①文… II.①勒… ②许… III.①文学理论－文集 IV.①I0-53

中国版本图书馆 CIP 数据核字（2018）第 215839 号

文学与我们的世界：勒克莱齐奥在华文学演讲录

勒克莱齐奥／著　许钧／编

高方　施雪莹　张璐　樊艳梅／译

责任编辑　王理行
装帧设计　胡　苨
校　　对　季林巧
责任印制　颜　亮

出版发行　译林出版社
地　　址　南京市湖南路 1 号 A 楼
邮　　箱　yilin@yilin.com
网　　址　www.yilin.com
市场热线　025-86633278
排　　版　南京展望文化发展有限公司
印　　刷　恒美印务（广州）有限公司
开　　本　787 毫米 ×1092 毫米　1/32
印　　张　7.625
插　　页　4
版　　次　2018 年 11 月第 1 版　2018 年 11 月第 1 次印刷
书　　号　ISBN 978-7-5447-7525-0
定　　价　48.00 元

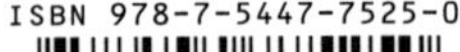
ISBN 978-7-5447-7525-0

9 787544 775250 >
凤凰出版传媒网:www.ppm.cn
定价:48.00元